KB060915

날개 절제술

트리플

서윤빈 소설

21

날개껍질

TRIPLE

차
례

날개
개
절
제
술

제왕절개로 태어나는 아이는 20세기까지만 해도 5퍼센트 미만이었으나 21세기에 들어 약 30퍼센트 포인트 가까이 늘었으며 지금도 증가하는 추세다. 이는 무리하게 자연분만을 고집하는 경우 태아가 죽거나 평생 장애를 가지고 살 확률이 높기 때문이다. 덕분에 예전에는 태어나지 못했을 아이들도 현대에는 너끈히 세상 빛을 본다. 분만실 밖에서 다리를 떨며 기다리던 구진오 씨는 그런 배경을 잘 알았다. 며칠 전, 제왕절개 동의서에 큰 고민 없이 서명한 것도 그 때문이었다.

아이의 울음소리가 들려왔다. 구진오 씨는 간호

사를 따라 분만실에 들어갔다. 땀에 젖은 구진오 씨의 아내, 이소우 씨가 아이를 안고 희미한 미소를 짓고 있었다. 이소우 씨는 아직 마취가 완전히 풀리지 않은 듯 약간 몽롱해 보였다. 의사는 산모와 아이가 모두 건강하다고 건조하게 선언했다.

처음에 구진오 씨는 아내의 품에 안긴 아이가 새하얀 보자기에 싸여 있는 줄 알았다. 그러나 보자기가 움찔거려 자세히 보니 거기에는 깃털이 달려 있었다. 보자기가 아니라 날개였다. 아이의 등에는 날개 한 쌍이 달려 있었다.

─천사입니다.

의사가 말했다. 비유적인 의미로 말한 게 아니라는 건 명백했다. 구진오 씨는 믿을 수 없다는 표정으로 아내를 바라보았다. 이소우 씨도 지지 않고 남편을 노려보았다. 의사가 끼어들었다.

─세간에는 잘못 알려진 사실이 많습니다. 가령 천사는 천사의 아이라든지 하는 것이지요. A형과 B형 혈액형을 가진 부모 사이에서도 O형 아이가 태어날 수 있듯, 천사가 아닌 부모 사이에서도 천사가 태어날 수 있습니다.

구진오 씨와 이소우 씨의 눈길은 이제 서로가 아니라 아이에게로 향했다. 아이는 자신에게 향한 시선을 느꼈는지 날개를 움츠리며 울음을 터뜨렸다. 의사는 여전히 손에 메스를 든 채였다. 무슨 결정을 내리든 그들의 마음이지만, 수술은 그들이 보는 앞에서 진행할 거라는 암시 같았다. 둘은 다시 서로를 바라본 후, 고개를 끄덕였다.

— 잘라주세요.

이소우 씨가 말했다. 의사와 간호사 셋이 아이에게 달라붙었다. 아이는 3분 동안 미친 듯이 울었다. 구진오 씨와 이소우 씨는 아이를 쓰다듬으며 아이의 고통을 대신 느껴주기라도 하려는 듯 몸을 떨었다. 하지만 그 고통은 온전히 아이의 것이었다. 탯줄과 달리 날개에는 통각 세포가 있다.

작은 동전만 한 크기의 날갯죽지가 자르고 당기는 힘을 버티지 못하고 끊어졌다. 날개가 하나씩 철제 쟁반에 담기며 뭉툭한 소리를 냈다. 아이를 덮고 있을 때는 제법 크고 우람해 보이던 날개는 아이에게서 떨어지자 그 크기가 반으로 줄어든 것만 같았다. 의사는 피 묻은 장갑과 메스를 버리고 물었다.

　—파실 건가요, 가져가실 건가요?

　이소우 씨와 구진오 씨는 날개를 팔았다. 수납처 직원이 부부에게 현금 오백만 원을 쥐여주었다. 부부는 죽는 날까지 그 돈을 한 푼도 쓰지 않았다. 그러나 그 돈은 먼 미래에 아이가 부부의 유품을 정리하는 동안, 수많은 잡동사니에 섞여 어디론가 사라져버렸다.

　구진오 씨와 이소우 씨는 병원에서 천사를 키우는 데 필요한 정보를 거의 받지 못했다. 의사는 일반적인 아이와 다를 것이 없다고, 나중에 아이의 머리 위에 고리가 생기면 찾아오라고만 말했다. 그들은 적잖은 충격을 받았다. 세상에 종종 천사가 태어난다는 사실이 공공연한 비밀이며, 천사가 인간과 다르다는 건 상식이었다. 그러나 의사에 따르면 천사란 충분히 교정할 수 있는 성격적 특성에 불과했다.

　구진오 씨와 이소우 씨는 천사 아이를 둔 부모들이 모인 인터넷 카페를 찾아냈다. 카페의 대문에는 '천사라는 기형으로 태어난 아이의 부모가 가입하는 카페입니다'라는 문구가 붉은 글씨로 쓰여 있었다. 구진오 씨와 이소우 씨는 그 문구가 마음에 들었다. 그건 천사에 대한 세간의 인식을 정확히 반영하고 있었다.

천사에 관한 기록을 찾는 건 어렵지 않다. 천사
는 성경의 단골 등장인물 중 하나일 뿐만 아니라 카톨
릭과 개신교를 넘어 이슬람 경전에서도 어렵지 않게 찾
아볼 수 있다. 하지만 그것이 꼭 사람들이 천사에 관해
제대로 알고 있다는 뜻은 아니다. 수많은 전설과 경전
에 때로는 잔혹하고 때로는 흉측하게도 등장하는 천사
를 바라보는 세간의 인식은 한마디로 정리할 수 있다.
천사는 착하다. 사람들은 그 이상으로 천사를 이해하고
싶은 마음이 없었고, 그것이 천사가 겪는 모든 문제의
핵심이었다.

날개 절제술, 그러니까 구진오 씨와 이소우 씨
가 그들의 아이에게 행한 그 수술이 개발되기 전에 태
어난 천사들은 등에 새하얀 날개를 단 채 다른 사람들
앞에 모습을 드러냈다. 인간들은 천사 앞에 무릎을 꿇
기도 했고, 천사를 주축으로 새로운 종교를 만들기도
했으며, 천사가 몸에 좋다는 믿음을 가지고 살해하기도
했다. 하지만 그건 초기의 반응이었을 뿐, 점점 더 많은
천사가 세상에 모습을 드러내자 인간들은 천사에 익숙
해졌다. 인간들은 천사에게 무엇이든 요구했다. 맡겨둔

재물이라도 있는 것처럼, 종이라도 구한 것처럼, 혹은 신기한 장난감이라도 찾아낸 것처럼 당당했다. 천사와 인간의 관계는 결코 평등할 수 없었다.

카페에 가입하기 위해서는 아이가 천사라는 사실을 입증해야 했다. 아이의 분만 방법을 적으시오. 날개를 가지고 있다면 사진을 올리시오. 날개를 팔았다면 몇 년 몇 월에 얼마에 팔았는지 쓰시오. 의사가 언제 다시 방문하라고 했는지 쓰시오. 아이의 이름과 생년월일을 쓰시오. 아이의 사진을 올리시오.

구진오 씨와 이소우 씨는 카페에 가입하지 않았다. 인간이 천사의 선의를 찰떡같이 믿는 것과 마찬가지로 인간은 인간의 선의를 믿을 수 없었다.

아이는 얌전히 자랐다. 구진오 씨와 이소우 씨는 흔히 말하는 육아의 고통은 거의 겪지 않았다. 아이는 울거나 떼쓰지 않았다. 다른 아기들처럼 먹고, 크고, 아프기는 했으나 성격이나 행동거지로 속을 썩인 적은 한 번도 없었다. 그 밉다는 네 살 때도 아이는 우는 대신 천장을 향해 두 손을 휘저으며 까르륵 웃을 뿐이었다. 구진오 씨는 가끔 하나님이 자기들 대신 아이와 놀

아주는 게 아닌가 하는 생각을 했다. 아이는 말 그대로 천사였으니 말이다. 하지만 아이가 말을 배운 뒤부터는 그런 행동이 사라졌기에 구진오 씨는 그 이야기를 아무에게도 하지 않았다. 이소우 씨도 종종 같은 생각을 했다는 걸 구진오 씨는 시간이 한참 지나고서야 알았다.

부부는 아이가 천사라는 사실을 철저히 숨겼다. 아이는 자기가 천사라는 사실을 모르고 자랐다. 아이는 어린 시절 부부와만 시간을 보내고 다른 사람들과 교류하지 않았다. 부부가 의도적으로 그렇게 했다. 실수로라도 부부의 입에서 신이나 천사, 축복 같은 단어가 나오는 일은 절대로 없었다. 부부는 착한 아이 덕분에 행복해서 아이가 천사라는 사실을 잊지 못했다.

문제가 생기기 시작한 건 아이가 유치원에 들어가고부터였다. 유치원에 다녀온 아이는 매번 조금씩 가벼워졌다. 그건 아이의 몸이 하늘로 둥실 떠오를 준비를 하고 있어서가 아니라 아이가 자기 물건을 남에게 쉽게 내주었기 때문이었다. 머리핀이나 필기도구처럼 작은 물건일 때도 있었지만, 때로는 가방이나 옷같이 상상치도 못한 물건일 때도 있었다. 부부가 아이에게 물건을 어디에서 잃어버렸냐고 물으면 아이는 해맑게

웃으며 누구에게 주었는지 답했다. 아이의 입에서 나오는 이름은 언제나 하나였다.

　아이의 마음은 하나를 향한 사랑으로 가득했다. 아이는 유치원에서 하나를 졸졸 따라다녔고, 하나가 무언가 필요하다고 하면 이유를 불문하고 내주었다. 이소우 씨는 하나 엄마를 만나는 일이 잦아졌다. 하나 엄마는 하나처럼 예쁜 사람이었고, 이소우 씨는 가능하면 아이가 사랑하는 친구의 엄마와 잘 지내고 싶었다. 그러나 싼 물건이면 모를까, 가방이나 옷, 악기 같은 건 돌려받지 않을 수 없었다. 아이가 하나에게 준 물건을 돌려받으면서 이소우 씨는 거듭 고개를 숙였다. 하나 엄마는 애들끼리 다 그러고 크는 거죠, 하고 말했지만 일이 거듭될 때마다 자기도 모르게 미간에 메스처럼 날카로운 주름을 잡았다.

　이소우 씨 부부는 속이 탔다. 부부는 아이에게 자기 것이라는 개념을 가르치려고 노력했다. 그러나 아이에게 베푸는 것이 언제나 좋은 일만은 아니라는 걸 어떻게 이해시켜야 할지 알 수 없었다. 그러는 사이 문제가 터졌다. 어느 날 아이는 하나에게 신발을 줘버리고 맨발로 돌아왔다. 이야기를 들어보니 하나는 그저 아이의 신발이 신기하다고 말했을 뿐이었다. 아이의 발바닥은 상처로 가득했고, 유치원에는 아이가 천사라는 소문이 퍼져 있었다. 그건 부부가 가장 두려워하던 일이었다. 이소우 씨는 다음 날 퇴원 신청서를 냈다. 아이는 하나가 보고 싶다고 말했지만, 천사답게 울거나 부모의 말에 반항하지는 않았다. 어차피 발이 아파 침대에서 내려올 수도 없는 처지였다는 게 그나마 다행이라면 다행이었다. 유치원에 아이가 천사라는 소문을 낸 건 하나였다. 하나 엄마는 애들끼리 다 그러고 크는 거죠, 하고 말했다.

부부는 잠든 아이의 발을 하염없이 쓰다듬으며 이런저런 대체 교육기관과 클리닉을 검색했다. 그러나 도덕적인 아이를 기르기 위한 기관은 많이 있어도 착한 아이에게 이기심을 가르치는 곳은 없었다. 정신건강의학과가 하나의 대안이었으나 부부에게 그곳은 최후의 보루였다. 하는 수 없이 부부는 아이를 차세대 경영인 학원에 보냈다.

차세대 경영인 학원은 리더십을 키워준다는 거창한 캐치프레이즈와 달리 아이들에게 경쟁 사회를 체

험시켜 주는 게 전부였다. 당연하다면 당연한 것이, 초등학생에게 진짜 경영에 관해 무엇을 가르칠 수 있겠는가. 재무제표와 인사관리, 가치사슬 같은 개념은 머리가 아니라 경험으로 배워야 한다. 학원에는 그 사실을 제대로 알지 못하는 부모나 알면서도 학원이 운영하는 유아반에 막내를 맡기고 싶은 부모들이 주로 등록했다.

학원에 처음 발을 들인 아이는 어리둥절했다. 학원에서 모든 원생은 서로를 친구라고 불러야 했지만, 협력과 우정은 교과목에 없었다. 학원에서 가르치는 것은 지렛대의 원리뿐이었다. 학원에 따르면 세상은 지렛대로 이루어져 있다. 충분히 긴 지렛대만 있으면 돌멩이로 아파트도 들어 올릴 수 있다. 원하는 걸 얻기 위해서는 자기가 가진 것을 지렛대 맨 끝에 올려놓을 줄 알아야 한다. 여의치 않으면 남의 지렛대를 엎고 다른 지렛대를 갖다 대기라도 해야 한다.

선생은 원생들에게 종이로 만든 돈을 쥐여주고 서로 교환하는 게임을 시켰다. 아이는 게임에서 늘 꼴찌를 했다. 아이는 돈이 필요하다고 하는 원생에게 돈을 모두 줘버리기 일쑤였다. 아이에게 친구는 하나뿐이었으므로 누구에게 주든 상관없다고 생각했다. 눈치 빠른 원생들은 아이의 지렛대가 건드리기만 해도 솟아오른다는 걸 알았다. 점점 더 많은 원생이 게임이 시작되자마자 아이에게 달려갔다. 사실상 게임이 선착순 달리기나 다름없어지는 일이 반복되자 선생은 아이를 조용히 불러냈다.

　—왜 친구들에게 돈을 그냥 주니?

　—돈으로는 사랑을 살 수 없어요.

　—그럴지도 모르지. 하지만 넌 돈을 주면 사랑을 잃는다는 걸 알아야 해.

　아이의 눈이 지렛대로 들어 올린 것처럼 번쩍 뜨였다. 선생은 흡족한 미소를 지었다.

　—돈을 쉽게 받은 아이는 강해질 기회를 빼앗기고, 다른 아이들은 게임에서 이길 기회를 빼앗기거든. 사랑은 상대에게 기회를 주는 거야.

　아이는 곰곰이 생각하더니 대답했다.

　—이웃을 내 몸처럼 사랑할게요.

　아이가 마음을 바꾼 이후로 게임의 판도는 완전히 변했다. 아이는 먼저 오는 친구에게 돈을 주는 게 아니라 돈을 가장 많이 잃은 친구에게 주었다. 게임이 마지막 순간에 한 번에 역전되는 일이 몇 번 반복되었다.

그러자 원생들은 두 가지 전략을 취하기 시작했다. 하나는 아이가 줄 수 있는 돈보다 많은 돈을 벌어 아이의 사랑으로부터 자기를 지키는 방식이었다. 주로 아이 때문에 아슬아슬하게 1등을 빼앗긴 원생들이 이 전략을 구사했고, 이들은 종종 자기 순위를 방어해내는 데 성공했다.

다른 하나는 빠르게 돈을 잃는 전략이었다. 이 전략은 앞선 전략보다 먼저 등장했지만 조금 더 늦게 고도화되었다. 처음에는 무작정 돈을 잃어도 괜찮았지만, 돈을 잃는 방법은 쉬웠기 때문에 원생 대부분이 그 전략을 사용했고, 나중에는 아이에게 돈을 받아도 역전이 불가능해지는 일이 일어났다. 돈을 잃는 전략은 다른 원생들의 눈치를 보며 최대한 적은 돈을 잃으면서 꼴찌의 자리를 유지하는 전략으로 탈바꿈했다. 하지만 처음부터 앞서 나가지 못한 원생들은 모두 꼴찌를 노렸기에 아이에게 돈을 받는 친구는 반쯤 운으로 결정되는 거나 마찬가지였다. 야윈 몸이 물을 먼저 마실지, 숨을 먼저 쉴지, 눈을 먼저 깜빡일지 정하는 데는 우선순위가 없다. 결과적으로 보살핌이 필요한 친구에게 돈을 준다는 아이의 새로운 방식은 게임 내에 소수의 부자와 수많은 빈자를 만들어냈다.

선생은 학원에서 도대체 뭘 가르치는 거냐는 학부모들의 항의 전화에 시달려야 했다. 학부모들의 말에 따르면 그들의 자녀는 굳이 노력해서 앞서 나갈 필요가 없다는 식으로 굴었고, 사회는 경쟁으로 헤쳐나가는 곳이라기보다는 운에 따라 울고 웃는 곳이라고 믿었다. 선생은 더 이상 아이가 다른 원생들의 지렛대를 고장내는 걸 괄시할 수 없었다. 아이는 게임에서 배제되었다. 다른 친구들이 게임을 하는 동안 아이는 유아반에서 시간을 보내게 되었다. 아이는 친구들에게 마지막 인사를 하고 유아반으로 떠났다. 원생들은 저마다 좋은 말로 아이를 배웅했으나 그날 이후 아이를 찾는 원생은 아무도 없었다. 아이는 어쩐지 배설된 것 같은 기분이 들었다. 왜 그런 기분이 드는지는 알 수 없었다.

유아반에는 아이보다 나이가 어린, 아기들만 있었다. 아이는 그들을 기쁜 마음으로 돌보았다. 아이는 기초반에서는 고장난 지렛대였지만 유아반에서는 시소였다. 아이는 선생 못지않은 활약을 했다. 유아반 선생은 아이에게 아기들의 목소리를 들을 수 있는 특별한 능력이 있는 게 아닐까 의심했다. 아이는 아기 한 명 한 명의 목소리를 구별했으며, 우는 소리만 듣고도 그들에게 무엇이 필요한지 알았다. 언젠가 유아반 선생이 아이에게 그걸 어떻게 아느냐고 물었을 때, 아이는 그저 주의 깊게 잘 들으면 된다고 대수롭지 않게 대답했다. 유아반 선생은 아이가 천사일지도 모른다고 짐작했다. 그러나 그 사실을 아무에게도 말하지 않았다.

아이는 게임에서 배제된 지 일주일만에 학원을 그만두었다. 아이가 학원을 그만두던 날, 부부는 씩씩 거리면서 학원 문을 두드렸다. 그들은 돈 내고 다니는 학원에서 아이가 아기를 돌봤다는 사실에 분노했다. 화가 머리끝까지 난 엄마와 아빠 사이에 앉은 아이는 눈을 어디에 두어야 할지 몰라 바닥만 내려다보았다. 아이는 부모가 화를 내고 있지만, 사실은 울고 있다는 걸 알았다. 부모의 목소리가 자기가 유치원을 그만두던 날과 똑같았기 때문이다.

유아반 선생은 아이가 자발적으로 다른 아기들을 돌봤다는 사실을 말하지 않았다. 선생은 그저 죄송하다고, 아이가 착하고 똑똑해서 도움을 조금 받았다고 말했다. 아이 생각에 그건 칭찬이었다. 그러나 이소우 씨는 이렇게 쏘아붙였다.

—어디서 남의 아이한테 함부로 착하대요?

아이는 나무 벤치에 앉아 오랫동안 바닥을 내려다보며 부모의 날카로운 슬픔이 끝나기를 기다렸다. 나무 벤치는 시소조차 될 수 없는 지렛대 같았다. 아이는 날갯죽지가 가려웠지만 험악한 분위기에 움츠러들어 긁을 용기가 나지 않았다. 아기들이 자기 덕분에 기뻐했다는 말로도, 친구들이 자기 덕분에 행복했다는 말로도 부모의 슬픔을 들어 올릴 수 없을 것 같았다. 슬픔은 언제나 기쁨보다 멀리 있었다.

서양에는 이런 농담이 있다.

—자기 혹시 높은 데서 떨어진 거 아냐? 왜냐하면, 완전 천사처럼 생겼거든.

이는 성경 구절이 묘사하는 천사의 모습과 사람들이 흔히 상상하는 천사의 모습 사이의 괴리에서 기인한 농담이다. 대천사 세라핌과 케루빔은 성경에 각각 다음과 같이 묘사되어 있다.

세라핌: 스랍들이 모시고 섰는데 각기 여섯 날개가 있어 그 둘로는 자기의 얼굴을 가리었고 그 둘로

는 자기의 발을 가리었고 그 둘로는 날며(「이사야」 6장 2절) 그 안과 주위에는 눈들이 가득하더라 그들이 밤낮 쉬지 않고 이르기를 거룩하다 거룩하다 거룩하다 주 하나님 곧 전능하신 이여 전에도 계셨고 이제도 계시고 장차 오실 이시라(「요한계시록」 4장 8절)

케루빔: 각각 네 얼굴과 네 날개가 있고(「에스겔」 1장 6절) 그 얼굴들의 모양은 넷의 앞은 사람의 얼굴이요 넷의 오른쪽은 사자의 얼굴이요 넷의 왼쪽은 소의 얼굴이요 넷의 뒤는 독수리의 얼굴이니(「에스겔」 1장 10절)

물론 모든 묘사가 이러한 것은 아니고 인간에 가까운 모습으로 묘사된 경우도 많다. 그러나 천사들이 두려워하지 말라는 말을 입에 달고 사는 이유가 그들이 지닌 힘 때문만이 아니라는 점은 명백하다.

21세기에 태어난 천사 중 상당수가 성형수술을 받는다는 믿거나 말거나 한 통계를 보았을 때 구진오 씨와 이소우 씨는 조용히 고개를 끄덕였다. 아이는 이목구비 각각을 떼어 보면 모난 구석이 없었다. 하지만 모두를 합쳐놓고 보면 묘하게 이상했다. 종종 부부는 아이가 인간을 연기한다는 듯한 인상을 받았다. 경직된 표정과 뻣뻣한 말투는 단지 전학과 검정고시를 반복한 탓에 생긴 것만은 아니었다.

아이의 머리 위에 동그란 고리가 생긴 것은 고등학교 수업 도중이었다. 도덕 선생은 증강 현실로 구현된 토마스 아퀴나스의 머리와 논쟁을 하던 중 그 사실을 눈치챘다. 아이는 언제나처럼 빨려 들어갈 것 같은 눈으로 도덕 선생을 보고 있었다. 토마스 아퀴나스가 말했다.

—모든 의지와 욕망의 밑바탕에는 사랑이 있다.

아이는 열정적으로 고개를 끄덕였다. 눈은 여전히 도덕 선생에게 고정된 채였다. 마치 자기가 여태 한 모든 심부름과 교무실에 갖다 놓은 간식, 책 한 권 분량의 편지를 기억하느냐는 듯한 눈빛이었다. 도덕 선생이 반박했다.

—당신은 인간적인 사랑과 신에 대한 사랑, 이웃에 대한 사랑을 혼용하고 있습니다. 신이 모든 인간을 사랑한다는 것은 전제되어 있기에 신에 대한 사랑은 언제나 상호적이지만, 그 이외의 사랑은 상호적이지 않을 수도 있습니다.

도덕 선생은 아이에게, 그러니까 묘하게 정이 가지 않는 얼굴에게 시선을 주지 않으려고 노력하며 말했다. 그러나 임용고사를 준비하며 몸에 익힌, 언제나 교실 전체를 한눈에 넣으려는 습관 때문에 도덕 선생은 아이의 머리 위에 갑자기 생긴 노랗고 빛나는 고리에 시선을 빼앗길 수밖에 없었다. 처음에는 아이가 장난이라도 치는 줄 알았다. 그러나 찬찬히 보니 노랗게 빛나는 고리는 어딘가에 매달리거나 붙은 게 아니라 홀로그램처럼 아이의 머리 위를 둥실둥실 떠다니고 있었다. 도덕 선생은 아이가 말로만 듣던 천사라는 걸 깨달았다.

도덕 선생은 훌륭한 자제심을 발휘해 아이에게 더 이상 눈길을 주지 않고 토론을 계속 진행했다. 하지만 외모로 사람을 차별하면 안 된다는 말을 달고 사는 도덕 선생인 만큼 그녀의 머릿속은 존재론적인 고민으로 어지러웠다. 학생과 적절한 선을 그으려던 자기의 노력이 어쩐지 잘못된 것처럼 여겨졌기 때문이었다. 도덕 선생은 거기에 연민이라는 이름을 붙여 정리할 수도 있었지만 그게 전부는 아닐지도 모른다고 생각했다.

그날 도덕 선생은 토마스 아퀴나스에게 패배했

다. 여태 도덕 선생이 모든 중세 철학자를 상대로 승리해왔기에 그녀를 최고의 철학자라고 생각했던 학생들은 광신도처럼 흥분했다. 그사이 도덕 선생은 거의 아무런 시선도 끌지 않고 아이를 데리고 교실에서 탈출할 수 있었다.

선생은 아이의 손을 거칠게 잡아끌며 화장실로 데려가, 칸막이 안쪽에 숨었다. 아이는 선생의 갑작스러운 행동을 이해하지 못한 채 쩔쩔맸다. 아이의 눈은 무언가를 기대하듯 반짝였다. 아이의 사랑은 여태 한 번도 상호적이었던 적이 없었지만, 오늘은 다를지도 몰랐다. 그때 누군가 우당탕 소리를 내며 옆 칸으로 들어가 용변을 보았다. 좋지 않은 냄새가 풍겼다. 선생은 옆 칸의 사람이 사라질 때까지 기다렸다가 단호하게 말했다.

—바로 집으로 돌아가.

아이는 지금까지 학교에 다니며 선생에게 혼나본 적이 단 한 번도 없었다. 진심을 들키는 건 조금도 부끄럽지 않았지만, 진심이 거부당하는 건 슬픈 일이었다. 아이는 고개를 숙이고 대꾸했다.

—저는 아무 잘못도 하지 않았어요.

도덕 선생은 고개를 끄덕였다. 단호한 단발이

가볍게 들썩였다. 도덕 선생은 입고 있던 검은색 카디
건을 벗어 아이의 머리에 씌웠다. 아이는 마치 무슬림
전통 의상을 입은 것 같은 차림이 되었다.

　—네가 잘못해서도 아니고, 이건 벌도 아니야.
카디건 벗지 말고 바로 집으로 가.

　아이는 잘못한 것도 아니고 벌을 받는 것도 아
닌데 왜 모습을 숨기고 도망쳐야 하는지 이해할 수 없
었지만, 의문을 길게 가지기에는 화장실에서 나는 냄새
가 너무 지독했다.

　학교 바깥은 환했다. 아직 2시밖에 되지 않아 거
리는 한산했다. 아이는 선생의 말에 따라 카디건을 뒤
집어쓴 채로 걸었다. 카디건에서는 도덕 선생의 향기가
났다.

　거리에 사람이 얼마 없는 탓에 교복을 입은 아
이의 모습은 시선을 끌기 딱 좋았다. 아이는 평소에는
다니지 않는 골목으로 들어갔다. 콘크리트 건물들이 빽
빽하게 들어서 작은 샛길만 있고 해가 거의 들지 않는
길이었다. 음침한 적막이 감도는 길은 어쩐지 으스스했
지만, 오랫동안 조용히 살았기 때문에 아이는 시선을

끄는 것보다 이 편이 낫다고 생각했다. 아이는 빠른 걸
음으로 걸었다.

　지저분한 쥐색 머리를 한 여자가 갑자기 튀어나
왔다. 아이는 걸음을 멈추지 못하고 부딪혀 넘어졌다.
그 바람에 아이의 머리를 덮고 있던 카디건이 흘러내려
바닥에 힘없이 널브러졌다. 대장처럼 쭈글쭈글한 여자
는 냅다 아이에게 욕을 했다. 아이로서는 살면서 한 번
도 들어본 적 없는 심한 욕이었다. 아이는 미안하다고
연신 사과했으나 여자의 욕은 30분 동안이나 이어졌다.
여자는 제풀에 지쳐서야 흥분을 가라앉히고 아이를 찬
찬히 뜯어보았다. 그리고는 뭔가 보물이라도 발견한 것
처럼 눈을 번뜩이며 소리쳤다.

　—지갑 내놔!

　아이는 왜 돈을 요구하는 건지 여자에게 물었
다. 여자는 쇳소리를 내며 웃었다. 그 소리는 녹슨 지렛
대에서 나는 소리와 비슷했다.

　—그야 내가 배가 고프니까. 아주 많이!

　아이도 여자를 찬찬히 뜯어보았다. 얼굴은 몸
밖으로 내놓을 게 아니라 몸속에 있는 게 더 어울릴 만
큼 쭈글쭈글했고, 성격이 나쁘다는 건 지난 30분 동안

여자 스스로 여실히 증명했다. 그러나 도덕 선생만큼은 아닐지라도 아이는 이 여자를 사랑했다.

아이가 말했다.

—돈을 어떻게 사용할 건지 계획서를 작성해서 제출하세요.

여자는 다시 용광로처럼 화를 냈지만, 여자를 사랑하기로 작정한 아이는 여자에게 얼굴을 들이미는 데 아무런 거리낌이 없었다. 오히려 당황한 쪽은 여자였다. 여자는 자기 얼굴이 추하다고 생각하고 살아왔는데, 아이의 얼굴에는 그보다 더한 무언가가 웅덩이처럼 고여 있었다.

—제가 당신을 사랑할 기회를 주세요.

여자는 비명을 지르며 도망쳤다. 아이는 떨어진 카디건을 주워 품에 꼭 안았다. 그리고 내가 뭘 기대한 거람, 하고 중얼거렸다.

아이의 방에는 거울이 있었다. 땀으로 엉망이 되었을 머리를 정리하기 위해 거울을 들여다본 아이는 놀라 비명을 질렀다. 아이의 정수리 위에는 황금빛을 내는 원형 고리가 둥둥 떠 있었다. 아이는 손을 뻗어 고리를 만져보았다. 옷에 열심히 문지른 풍선에 손이 닿았을 때처럼 희미한 짜릿함과 반발력이 느껴졌다. 손톱으로 톡톡 두드려보자 트라이앵글을 칠 때처럼 맑은 소리가 났다. 아이는 오른손으로 고리를 움켜쥐고, 살살 움직여보았다. 고리는 당겨진 고무줄처럼 다시 정수리 위로 돌아가려고 했다. 차가운 기운이 척추를 타고 흘러내려 마치 날카로운 것에 베이는 듯한 느낌이 들었다. 아이는 고리에서 손을 뗐다. 고리는 아무 일도 없었다는 듯 다시 아이의 정수리 위에 자리 잡았다.

아이는 스스로가 천사라고는 단 한 번도 생각해본 적 없었다. 그렇다고 그 사실을 받아들이는 게 어려웠다는 뜻은 아니다. 어쨌든 머리 위에 무시할 수 없는 증거가 둥둥 떠 있었으니 말이다. 사실 아이에게 그 고리는 지금껏 겪어온 혼란스러움이 한데 뭉쳐 현현한 것처럼 보이기까지 했다. 집에 돌아온 구진오 씨는 아이 머리 위의 고리를 보고 누구에게 들키지는 않았냐고 캐물었다. 아이는 도덕 선생과 여자 이야기를 했다. 아이는 이번에도 학교에 가지 못하게 되는 건가 낙심했는데, 사실 이번 사태는 조금 더 심각했다.

고리를 떼는 훈련에는 2년이 걸렸다. 고리는 날

개와 달리 수술로 떼어낼 수 없었다. 신체와 물리적으로 연결되어 있지 않기 때문이다. 의료계에서도 고리가 신체와 장field 형태로 어떤 에너지를 주고받고 있다는 사실은 알았지만, 구체적으로 고리가 어떻게 작동하는지는 몰랐다.

　—천천히 고리를 떼어내야 합니다. 치아 교정처럼 조금씩 멀어지다 보면 나중에는 고리를 어디 비밀 금고 같은 데 보관해놓고 살 수 있을 겁니다.

　　의사는 수액을 맞으며 누워 있는 아이 옆에 서서 그렇게 말했다. 의사의 눈은 책망하듯 구진오 씨에게로 향해 있었다. 구진오 씨는 고개를 들지 못했다. 병원에 오기 전, 구진오 씨는 이를 뽑듯 고리를 제거하려고 했다. 그러나 고리가 급하게 멀어지자 아이는 오한과 어지럼증을 느끼며 쓰러졌다. 고리를 다시 머리 위에 돌려놔도 아이가 고통을 호소하자 구진오 씨는 아이를 데리고 응급실로 향했고, 의사의 따끔한 조언을 들었다.

　　병원에 다녀온 이후 아이의 집에는 링거 거치대가 생겼다. 아이는 온종일 그걸 끌고 다녀야 했다. 거치대에는 고리를 걸었다. 학교에 가지 못하게 된 아이는

검정고시와 법을 공부했다. 언젠가 도덕경에서 대도폐
유인의大道廢有仁義라는 문구를 읽은 덕분이었다. 큰 도
가 무너지니 어짊과 의로움이 있다. 이는 노자 18장의
첫 구인데, 자연스러운 도가 무너지면 인위적으로 질서
를 유지하기 위하여 규범이 등장하게 된다는 뜻이다.

　　법을 공부하면서 아이는 여태 자기가 선의에 관
해 오해하고 있었다는 사실을 알았다. 법적으로 선의는
어떤 일을 모르고 했다는 의미에 불과하다. 반대로 악
의는 뭘 잘 안다는 뜻이다. 아이는 2년 동안 악의를 배
웠다. 사랑을 위해 얼마나 많은 악의가 필요한지는 알
수 없었지만, 어쨌든 아이는 머리 위의 고리를 떼고 어
디든 갈 수 있게 되었다. 아이가 고리 없이 어디든 갈
수 있게 되었을 때, 아이는 대학에 합격했고, 성형수술
을 받았으며, 수백만 명을 죽인 우간다의 독재자 요웨
리 무세베니는 이렇게 말했다.

　　―아무도 하나님의 거대한 사랑을 피할 수 없
습니다.

　　아이는 한 2년제 대학의 유아교육과에 진학했
다. 구진오 씨와 이소우 씨는 아이의 결정에 반대했지

만, 자기가 가장 행복했던 순간이 아기들을 돌보았을 때라고 말하는 아이를 차마 끝까지 말릴 수 없었다.

대학에서 아이는 여태 겪어본 적 없는 환대를 받았다. 동기들뿐만 아니라 선배와 후배까지도 아이의 마음을 들어 올리고 싶어 했다. 자신의 토사물을 치워 주는 사람들을 보며 아이는 어릴 적 느꼈던 마음, 그러니까 기쁨보다 멀리 있는 슬픔의 존재를 느꼈다. 그러나 그렇다 해서 기쁨의 크기가 작아지는 건 아니었다. 아이는 생에 처음으로 삶의 주인공이 된 듯했다. 그건 하늘을 나는 기분과 비슷할 것 같았다.

아이는 자신에게 호감을 보이는 이들 모두를 사랑할 능력이 있었다. 그러나 아이의 연애는 악의적이었다. 아이는 간통죄가 폐지되었다는 사실을 알았다. 법이 바뀐 후엔 길게는 10여 년간의 계도 기간이 있다는 사실도 알았다. 선의로는 아이가 원하는 걸 들어 올릴 수 없었다. 아이가 원하는 건 한때 도덕 선생과 토론하던 토마스 아퀴나스가 악의로 헷갈리던 그것, 상호적이고 절대적인 사랑이었다. 적어도 인간 사회에서는 모두를 사랑하면 누구의 사랑도 얻을 수 없다.

아이는 학교에 다니는 2년 동안 단 한 사람과 연

애했다. 자기가 다른 수많은 이들을 동시에 사랑했다는 사실은 절대로 고백하지 않았다. 아이의 첫 연애는 남자의 바람으로 막을 내렸다. 아이는 바람을 피우고 싶다면 둘 다 자유롭게 다른 사람도 만나고 다니는 건 어떻겠냐고 제안했다. 남자는 어떻게 그런 끔찍한 말을 하냐며 이별을 택했다. 아이는 그저 자기가 규범에 따라 사랑을 잘 숨겨왔을 뿐이라는 걸 알았기에 오히려 죄책감을 느꼈다. 남자에게는 악의가 부족했다.

남자와 헤어진 후 아이는 취직했다. 아이는 전공을 살려 보육교사 자격증을 땄고, 오래지 않아 한 어린이집에 배속되었다. 학교에서 졸업하자마자 바로 일자리를 구한 사람은 아이밖에 없었다. 합격하지 못한 선후배들은 채용 이력서에 천사인지 여부를 체크하는 항목이 있었다며 역차별이라고 분통을 터뜨렸다. 아이는 거기에 순순히 천사라고 체크하는 천사는 없을 거라고 생각했지만 그 말을 입 밖으로 내지는 않았다.

어린이집의 일은 아이의 적성에 잘 맞았다. 아이는 여전히 어린이들을 사랑했고, 어린이들은 사랑을 주는 만큼 아이에게 의존하며 사랑을 돌려주었다. 어린이들의 세계에서는 선의를 감추어야 한다는 규범조차 중요하지 않았다. 누군가는 과중한 업무에 비해 급료가 너무 낮다고 할 만한 환경에서 아이는 행복했다.

　아이는 어린이집에서 남편을 만났다. 그는 아내와 사별하고 혼자 사내아이를 키우는 싱글 대디였다. 사내아이의 이름은 둘이었다. 남편은 둘에게 이야기를 많이 들었다며 아이에게 차나 한잔 마시자고 했다. 아이는 점잖고 책임감 있는 남편이 마음에 들었다. 남편은 직업 때문에 자주 출장을 다니면서도 둘에게 정성을 다했다. 그 흔적은 둘의 매무새와 태도에서 은은하지만 확실히 빛났다.

　아이와 남편은 차를 마시며 둘의 이야기를 했다. 어느 날 그들은 함께 술을 마셨다. 입을 맞추었고, 같은 침대에서 눈을 떴다. 은은한 램프 빛 속에서 남편이 속삭였다.

　─자기는 사랑이 마르지 않는 사람 같아.

　아이는 웃었다.

　─세상엔 천사도 있다고 하잖아.

　남편은 아이의 이마에 입을 맞추었다. 그래서 자기 말에 아이의 눈동자가 흔들리는 걸 보지 못했다.

　─천사만 할 수 있는 걸 해내는 사람이니까 자

기가 대단한 거야.

남편은 아이가 진급하던 날 청혼했다. 아이는 거부하고 싶지 않았다. 아이에게는 악의가 충분했다.

아이의 배는 날이 갈수록 부풀어 올랐다. 출산이 멀지 않았다는 건 명백했다. 남편은 출장에서 돌아오지 않았지만 아이는 개의치 않았다. 사실은 오히려 반가웠다. 남편은 몸이 안 좋으면 곧바로 돌아오겠다고 했으나 아이는 전화할 생각이 없었다. 이소우 씨와 구진오 씨가 번갈아 가며 아이의 옆을 지켰다.

양수가 터졌을 때는 남편뿐만 아니라 부모도 아이의 옆에 없었다. 아이는 혼자 비적비적 병원을 향해 가려다가 쓰러졌고, 떨리는 손으로 119를 불렀다. 아이는 무사히 병원으로 이송되었다. 처음 보는데도 어쩐지 익숙한 얼굴의 의사가 아이의 분만을 맡았다. 아이는 제왕절개를 선택했다. 의사에 따르면 제왕절개가 자연분만보다 고통도 훨씬 적으며 요즘에는 기술이 좋아서 제왕절개를 한 후에도 자연분만을 하는 데 아무런 문제가 없다고 했다. 아이는 격통이 자연스럽게 분비하는 엔도르핀 속에서 허우적대며 마취제를 맞았다.

아이의 아랫배가 갈렸다. 아이는 배에 달린 지퍼가 열리는 것 같은 느낌을 받았다. 아이의 아기가 태어났다. 아기는 날개를 달고 있었다. 날개는 방수이기라도 한 건지 아기의 몸이 피 때문에 불긋불긋한 와중에도 고고한 하얀빛을 띠고 있었다. 마치 포근하고 커다란 보자기 같았다.

의사는 한 손에 메스를 든 채 물었다.

―잘라드릴까요?

아이는 고개를 끄덕였다. 잘려 나가는 날개를 보며 아이는 자기가 태어났을 때 일어났을 일을 상상했다. 미친 듯이 우는 자기 모습과 볼품없이 쪼그라드는 날개를. 마취 기운이 돌면서 서서히 감기는 산모의 눈꺼풀을. 갈라진 자궁에서 끊임없이 나오는 탯줄과 거기에 달린 조그만 두 번째 날개를.

탯줄은 아무도 몰래 날아올라 동그랗게 말린다. 적혈구 같기도 하고 녹슨 동전 같기도 한 그 검붉은 고리는 둥실둥실 떠오른다. 고리는 슬쩍 열린 창을 넘어 밖으로 나간다. 푸른 하늘과 태양을 향한 매끄러운 비상. 성스러운 빛이 고리를 비추고, 고리는 신이 나기라도 한 듯 꾸물거린다. 그러다가 픽, 하는 소리. 고리가 반으로 갈라져 떨어진다. 검은 전깃줄은 무슨 일 있었냐는 듯 태연하다.

접수처에서 아이는 날개를 팔아야 할지 말아야 할지 잠시 고민했다. 그사이 날개의 시세는 천이백 만원으로 올라 있었다. 아이는 쪼그라든 날개를 챙겨 가방에 넣었다.

아이는 남편이 이곳에 없어서 다행이라고 생각했다.

리
툼

　　딸에게 연락이 왔을 때, 나는 라디오를 손보고
있었다. 침구사를 하는 최 씨가 맡긴 라디오였다. 알아
서 고쳐보려고 했는데 잘되지 않더라는 최 씨의 말을
증명하듯, 라디오를 분해하자 기판에 긁힌 자국이 가득
했다. 기판은 집적회로를 썼으나 조작은 아날로그 다이
얼로 해야 하는 과도기적 물건이었다. 이는 트랜지스터
라디오 이후에 등장해 워크맨이 폭발적인 인기를 끌기
전까지 유행한 스타일이다. 연식이 거의 반세기나 된
이런 녀석은 사실 고쳐 쓸 게 아니라 새로 사야 한다.
오래됐다고 뭐든지 골동품이 되는 건 아니다.

나는 검침기와 저항계를 들고 부품 하나하나의 전류를 점검했다. 고장 난 건 8옴짜리 꼬마 저항 하나였다. 소리가 잘 나오다가 갑자기 툭 끊기면서 먹통이 되더라는 최 씨의 증언에 딱 맞는 앙증맞은 사이즈였다. 전화벨이 울린 건 내가 막 납땜을 녹여 꼬마 저항을 기판에서 분리한 다음이었다. 모르는 번호였지만 딸이라는 걸 알 수 있었다. 딸은 지금까지 번호를 몇 번이나 바꿨지만, 마지막 네 자리는 언제나 1327이었다.

나는 보청기 볼륨을 적절히 높인 후 전화를 받았다.

—뭐 좀 고쳐줘요.

내가 뭐라고 말하기도 전에 딸은 대뜸 그렇게 말하고는 자기 집 주소를 불렀다. 나는 기판의 저항을 메모하던 노트에 딸의 주소를 적었다. 딸의 주소는 라디오 어느 부분의 저항보다도 값이 컸다. 마지막으로 딸의 집을 찾은 건 3년 전이었는데, 주소는 그때와 비슷했지만 조금 더 길어져 있었다.

딸은 설계도처럼 자기 할 말만 하고 전화를 끊었다. 대화에도 각도가 있다면 우리의 대화는 언제나 수직을 이루는 90도였다.

라디오를 마저 수리하는 데는 10분이면 충분했다. 나는 납 냄새를 빼기 위해 철물점의 미닫이문을 열어 둔 채 옆에서 담배를 피웠다. 아직 하늘이 밝았지만 해는 천천히 떨어지며 빛을 붉게 풀어내고 있었다. 담배에서 모래 맛이 났다. 담뱃갑을 찬찬히 살펴보았으나 원산지는 쓰여 있지 않았다. 어쩌면 수입되는 담뱃잎에 어떤 용감한 자들*이 모래를 섞어 넣었는지도 모른다. 라디오에 사연이 담긴 편지를 보내듯이. 마치 아직 내가 공장을 가지고 있고, 그 공장에서 라디오를 만들고 있다는 듯이.

라디오 공장을 운영하던 시절이 있었다. 1970년대까지는 몇 개의 히트 제품도 내면서 나름대로 성공을 거두었으나 1980년대가 되자 내 라디오는 거짓말처럼 시장에서 자리를 잃어버렸다. 그래도 나는 1990년대 말까지는 버텼다. 한국에서 자리를 잃어버린 내 라디오를 아프가니스탄에서는 열렬히 원했다.

---

* 아프가니스탄의 국가 〈이곳은 용감한 자들의 고향이라네!〉 때문에 그런 생각이 든 것 같다. 따라 부르기 어려운 노래는 아니다.

1980년대 한국에서는 워크맨이 유행했고, 총천연색 컬러텔레비전이 보급되기 시작했다. 1990년대에 이르자 텔레비전이 없는 집은 찾아보기 힘들 정도였다. 텔레비전이 폭발적인 경제 성장과 국가적인 지원을 등에 업고 빨리 보급된 한국과 달리, 아프가니스탄은 사정이 여의치 못했다. 아프가니스탄에서는 전기 공사 비용을 개인이 내야 하거나, 여건상 공사 자체를 엄두도 못 내거나, 전기 요금조차 부담스러운 지역이 많았다. 텔레비전이 없는 사람들은 모두 라디오를 들었다. 그들 옆이 내 자리였다.

그 시절에는 공장으로 한글을 그린 편지가 오기도 했다. "당신 최고 라디오 입니다." 주소를 검색해 보니 아프가니스탄에서 온 편지였다. 나도 다리어를 그려 답장을 보냈다. 사전만 보고 꼬부랑꼬부랑 그린 글자였기에 문법이 맞는지조차 알 수 없었다. 하지만 그건 문제가 되지 않았다. 어차피 그들은 내 답장을 받지 못했다. 같은 주소에서 보낸 편지가 몇 번 더 왔지만, 대화가 이어지지 않는 걸 보면 확실했다. 그곳에서는 "나 감사 보내다 당신 에게 입니다." 같은 일방적인 내용의 편지만 왔다.

한번은 딸에게 편지를 보여준 적이 있었다. 당시 초등학생이었던 딸은 편지를 부끄러워했다. 나는 아프가니스탄과 아프리카는 다른 거라고 설명했다. 하지만 딸은 이렇게 말했다.

—미국 말고는 다 똑같은 거 아니야?

딸에게 나는 글로벌한 사업을 하는 사업자가 아니라 지하철 국제선 외판원 같은 것이었다. 근근이 버티고 있었으니 완전히 틀린 말은 아니었지만, 내가 그렇게 자조하는 것과 딸이 그렇게 여기는 건 전혀 다른 문제였다. 어쨌거나 딸은 학교에 적어내는 학부모 직업 조사서에 꾸준히 나를 사장님이라고 적어 냈다. 그때는 아직 CEO라는 말이 유행하기 전이었다.

2005년에는 몇 가지 일이 일어났다. 내 공장은 1990년대 말부터 현금 흐름이 완전히 꼬인 데다가 수출을 담당해주던 업체마저 망해버렸다. 나는 공장을 헐값에 넘기고 남은 돈으로 작은 철물점을 열었다. 딸은 중학교에 입학했고, 이전보다 나를 조금 더 부끄러워했다. 아프가니스탄 재무부 장관은 한 연설에서 이렇게 말했다.

—아프가니스탄 남성의 91퍼센트, 여성의 86퍼

센트가 하루에 라디오 채널 세 개 이상을 듣습니다. 그
건 그들에게 세계가 중요하기 때문이죠. 그들이 가장
우려하는 것은 버려지는 것입니다.

훗날 아프가니스탄의 대통령이 된 그는 2021년
탈레반이 전국을 장악하자 국민을 버리고 도주했다. 그
래도 편지는 드문드문 왔다. 나는 언젠가부터는 답장하
지 않았지만, 편지는 모두 모아놓고 있었다. 편지의 내
용은 모두 일종의 감사 혹은 찬사였다. 학교에서 고마
운 사람에게 편지 보내기 행사 같은 걸 주기적으로 여
는 모양이라고, 공장을 닫을 때쯤에는 그렇게 생각하기
로 했다. 앞으로도 답장은 받을 수 없을 테니까.

지금은 고치는 것만으로도 벅차다.

딸은 한 번도 철물점에 찾아온 적이 없지만, 그
걸로 먹고살 수 있냐고 물은 적은 있었다. 자기가 오며
가며 본 철물점들은 대부분 문이 닫혀 있고, 열려 있다
고 하더라도 녹슨 냄새와 파리만 날리더라는 것이었다.
나는 딸에게 철물점은 물건을 파는 게 아니라 물건을
고쳐서 먹고사는 곳이라고 설명했다. 브랜드가 없거나
망해서 수리하기 위해 어디로 연락해야 할지 알 수 없
는 장치들을 고치는 게 철물점의 몫이라고.

딸이 내게 연락한 건 그 설명을 기억하기 때문일 것이다.

딸은 3년 전과 같은 곳에 살고 있었다. 주소가 바뀐 건 주소명 변경 사업 때문인 것 같았다. 그곳은 빌라였고, 벽돌담에 둘러싸인 네 동이 출구 하나와 좁은 주차 공간을 공유하는, 증폭기 회로 같은 구조였다. 곧 생긴다던 지하 주차장은 결국 짓다가 말았는지 자재가 한구석에 쌓인 내리막에도 차가 아무렇게나 주차되어 있었다.

나는 주차할 만한 곳을 찾아 빌라 주변을 몇 바퀴 돌다가 허름한 마트 하나를 발견했다. 상가 1층에 있는 마트였는데, 임대가 시원찮은지 다른 가게들이 들어왔어야 할 자리에 물건이 담긴 상자를 쫙 깔아두고 있었다. 그리고 그 앞에는 차들이 상품처럼 가지런히 주차되어 있었다. 나는 거기에 차를 대고 마트에서 귤 한 상자를 샀다. 마트 계산원이 주차권을 내밀었다.

—2시간입니다.

나는 사과 한 봉지를 더 가지고 왔다. 계산원은 날짜만 적힌 주차권을 새로 뽑아주었다. 종일권인 것 같았다. 계산원은 마트가 마치 처음부터 그런 식으로 영업을 유지하도록 설계되었다는 듯 태연했다. 나는 마트 밖으로 나와 빌라가 어느 쪽인지 파악하기 위해 주변을 한 바퀴 훑었다. 그때 상가의 창이 흔들리며 소리를 냈는데, 창은 꼭 이렇게 말하는 것만 같았다.

—뭘 이런 걸 다.

딸은 귤 상자를 받아 들고 먼저 집 안으로 쏙 들어갔다. 성큼성큼 걷는 폼이 퍽 건강해 보였으나 뒤통수에 듬성듬성 빈 곳이 보였다. 사위가 저녁상을 봐놓고 있었다. 요리는 사위의 몫으로 넘어간 것 같았다. 3년 전만 해도 요리는 딸의 몫이었다. 기억하던 것보다 밥이 맛있었다.

밥을 먹으면서 그들은 소음에 관해 이야기했다. 사위는 그 소리가 싸구려 탈수기가 돌아가는 소리와 비슷하다고 말했고, 딸은 오히려 마이크를 스피커에 가까이 가져다 댄 것 같은 소리가 난다고 했다. 나는 혼란스러웠다. 그런 상반되는 두 특징을 가진 소음을 상상하는 것보다는 사위는 가는귀가 어둡고 딸은 소음성 난청을 겪고 있다고 여기는 편이 합리적이었다.

어쨌든 나는 토를 달지 않고 들었다.

그들은 가구 배치를 이리저리 바꿔보기도 하고 사람을 불러보기도 했는데 문제가 전혀 해결되지 않는다고 했다.

—다른 집에서는 뭐라고 하더냐.

나는 그렇게 물었는데, 딸 내외는 누가 먼저랄 것도 없이 어깨를 으쓱했다. 사위가 말했다.

—어느 집에서 나는 소리인지도 알 수가 없어서요.

내게 그 말은 꼭 테러범을 잡아달라는 소리처럼 들렸다.

소음은 갑작스럽게 시작되었다. 소음은 이상했고, 우렁찼다. 아무도 없는 사막에서 눈치 보지 않고 마음껏 소리를 지르듯 거침없는 소리였다. 거기에 날카로운 금속성 소리가 더해져 총성처럼 중간중간 튀었다. 모르고 들었으면 거리에서 내전이라도 벌어지는 줄 알았을 것이다. 딸 내외는 소음이 시작되자 주섬주섬 귀마개를 꺼내 끼우더니 내게도 혹시 필요하면 쓰라는 식으로 한 쌍을 권했다. 나는 보청기를 톡톡 두드려 보였다. 귀가 아프면 보청기를 꺼버릴 심산이었지만 마지막

까지 그 정도가 되지는 않았다.

　소음은 7시 8분에 시작되어 약 17분이 되자 아무 예고도 없이 사라졌다.

　—어때요?

　사위가 물었다. 나는 잘 모르겠다고 답했다. 고생이 심했겠다는 것 말고는 아무 생각도 들지 않았다. 나는 소음이 얼마나 자주 발생하는지 물었다.

　—아무 때나요.

　사위가 대답하는 동안 딸은 뒤통수를 긁고 있었다. 얇은 머리카락 두 가닥이 손톱에 딸려 나와 떨어졌다.

　—아버님만 괜찮으시다면 저희 집에 며칠 머무르시면서 문제를 좀 봐주시면 좋을 것 같습니다.

　사위는 그렇게 말하고는 멋쩍게 나를 바라보았다. 나는 고개를 저었다.

　—아니다. 뭐 얼마나 멀다고 너희들 불편하게 여기서 자냐.

　나는 내일 아침에 다시 오기로 하고 내외가 바꿔놓았다고 하는 현관 비밀번호를 메모한 후 집으로 돌아갔다.

다음 날 아침, 딸 내외의 집에는 아무도 없었다. 나는 소음측정기를 놔둘 곳도 찾을 겸 집안 구조도 파악할 겸 딸의 집을 둘러보았다. 거실과 부엌이 붙어 있고, 화장실이 하나 있으며 방은 안방 하나뿐이었다. 흥미로운 물건은 거의 없었다. 탈모에 효과가 있다고 알려진 유일한 약물인 프로페시아와 『발기부전 극복 매뉴얼』이 같은 서랍에서 발견된 것이 조금의 재미를 주기는 했다. 그러나 그 이외에는 이전에 쓰던 휴대폰을 몽땅 쑤셔 박아둔 서랍이나 아무런 규칙성 없이 옷을 걸어놓은 옷장 따위의, 어느 집에나 있는 그런 잡동사니뿐이었다.

소음이 갑작스럽게 시작된 것은 오전 10시 47분이었다. 나는 시간을 기록했다. 소음은 어제와 마찬가지로 9분가량 지속되었다. 다만 어제처럼 흥미로운 시간에 시작되지는 않았다. 나는 내심 소음이 11시 10분에 시작되기를 기대했다. 소음은 어제와 비슷했다. 조심성을 조금만 덜어내고 쓰자면, 정확히 같았다.

소음이 지속되는 동안 곳곳에 설치한 소음 측정기를 확인했다. 부엌, 안방, 거실, 화장실, 베란다, 냉장고 뒤, 세탁기 옆 등 소음이 발생할 법한 모든 장소에

놓아둔 소음측정기는 모두 대동소이한 값을 나타내고 있었다. 110데시벨. 탱크가 옆을 스쳐 지나갈 때 나는 것과 비슷한 수준의 소음이었다. 소리가 생각보다 더 크다는 사실이 놀라웠다. 나는 보청기가 소리를 줄여준 덕에 적당히 줄어든 소리를 들은 것 같았다. 어쨌든 이런 결과를 나타낼 수 있는 경우는 오직 둘뿐이다. 집 그 자체가 떨리면서 소리를 내고 있거나, 혹은 소음을 발생시키는 원인이 집보다 크거나. 어느 쪽이든 예삿일은 아니었다.

이런 소음을 딸 내외 말고는 아무도 듣지 못했다는 건 말이 안 되었다. 나는 부부가 한정된 몇 사람과만 이야기해보고 성급히 결론을 내렸을 수도 있다고 생각하며 집을 나섰다. 빌라는 한 층에 네 가구씩 계단을 사이에 두고 떨어져 있었다.

— 계십니까!

문은 열리지 않았다. 다음 문도, 그 다음 문도, 다른 층에 있는 문도 열리는 것은 없었다. 나는 위아래 층을 오가면서 딱 두 사람을 만났는데, 그들은 우연히 그 시각에 외출하던 이들이었다. 그들은 소음을 듣지 못했다고 말했다.

— 몇 호에서 오셨습니까?

그들은 오히려 밀고를 종용하듯 그렇게 물어올 뿐이었다. 나는 아무렇게나 둘러대고 집으로 돌아왔다. 소파에 몸을 파묻자 보청기가 말했다.

— 밥 줘.

그러고 보니 아침에 보청기를 충전하는 걸 잊었다. 밥 달라는 소리를 마지막으로 보청기에서 흘러나오던 희미한 백색소음이 사라졌다. 소파에 앉아 보청기를 충전하고 다시 나가봐야 하나 생각을 하는데, 이상한 소리가 들려왔다.

위우위우…위. 위우위우…위.

그건 마치 전원 공급이 불안정한 라디오가 내는 소리 같았다. 하지만 방전된 보청기가 그런 소리를 낼 리가 없다. 하나의 개념이 머릿속을 스쳤다. 공명. 어쩌면 무언가가 보청기를 진동시켜 소리를 내는 것인지도 몰랐다. 그렇다면 지금 내 보청기를 떨리게 하는 무언가와 이 집의 소음은 원인을 공유할 수도 있다. 오전에는 아무런 중요성도 없어 보였던 것이 갑자기 가장 중요한 것으로 떠올랐다. 무언가 전원이 꺼진 보청기와 공명할 수 있다면 그것은 전원이 꺼진 휴대폰과도 공명할 수 있을 것이다. 나는 안방으로 가 서랍을 열고 휴대폰 하나를 집어 들었다. 미약한 떨림이 느껴졌다.

내 최초 가설은 무언가가 만드는 진동이 휴대폰과 보청기를 모두 공명시킨다는 것이었다. 그러나 그 진원은 어디에도 없었다. 오컴의 면도날이라는 사고 시스템이 있다. 이는 다른 모든 요소가 동일할 때 가장 단순한 설명이 최선이라는 의미다. 집 안에서 공명음을 내는 건 휴대폰과 보청기뿐이었다. 보청기는 나와 함께 집에 들어온 것이므로 소음의 원인이 될 수 없다. 따라서 소음의 원인은 휴대폰들일 수밖에 없다. 전원조차 켜지지 않는 것들이 집 전체를 울려대고 있었다.

처음 사실을 알아냈을 때 나는 딸 내외에게 곧이곧대로 알려야겠다고 생각했다. 휴대폰들이야 어차피 안 쓰는 것들일 테니 적당히 버리면 그만이다. 그런데 소파에 앉아 있다 보니 사막이 떠올랐다. 사막에 울려 퍼지는 총성과 웅덩마다 고인 라디오 소리. 세계의 소식을 듣는 것 말고는 할 수 있는 게 없는 사람들.

나는 딸 내외에게 진상을 말해주는 대신, 이 현상을 해결하기 위해 내가 이 집에 머물러야 한다고 주장했다. 이유는 간단했다. 어쩌면 딸 내외가 물건을 하나씩 내다 버려보다가 휴대폰들을 버릴 수도 있고, 그들이 무심코 움직인 가구 하나 같은 것이 이 현상을 없애버릴 수도 있다. 그런 일들을 방지해야만 했다. 그렇다고 처음 부탁받은 일을 등한시할 생각은 아니었고, 이 현상에 관해 더 자세하고 확실하게 연구한 후에 이 휴대폰들을 내 집으로 옮겨올 생각이었다.

　　연구는 착실히 진행되었다. 나는 전원이 꺼진 휴대폰들이 모종의 진동을 발산하여 전원이 꺼진 보청기와 집 전체를 공명시킨다는 사실을 알아냈다. 하지만 그것을 이 일의 완전한 진상이라고 할 수는 없었다. 꺼진 휴대폰들이 만들어내는 진동에는 어쩐지 부자연스러운 측면이 있었다. 이 세상의 모든 물체는 항상 진동하고 있으니 꺼진 휴대폰이 진동한다는 사실 그 자체에는 아무 문제도 없다. 그런데 그 진동이 규칙적인 데다가 심지어 다른 물체에 영향을 줄 정도로 강하다면 이야기가 달라진다. 그 진동은 마치 어떤 신호처럼 들렸다.

　　나는 빈집에서 전원이 꺼진 보청기를 끼고 소리를 들었다. 보청기는 마치 어떤 신호를 수신하는 것처럼 소리를 냈다. 어떨 때는 '위우위우…위'였다가 또 다른 때는 '위위위위위우우위우…'인 식이었다. 의미심장한 것은 보청기가 무작정 전원이 꺼져 있다고 공명을 하는 것이 아니라 반드시 방전에 가까운 상태여야만 공명을 한다는 사실이었다. 이는 공명의 원인이 배터리일 것이라는 강력한 증거였다. 현대 소형 전자기기들은 대부분 리튬이온 배터리를 사용한다. 같은 종류의 물체끼리는 공명이 훨씬 잘 일어난다. 게다가 텅 빈 배터리는 어떤 의미에서는 텅 빈 수통 같은 것이다. 엄밀하지는 않아도 그런 이미지는 빈 배터리가 훌륭한 울림통의 역할을 수행할 수도 있을 거라는 느낌을 주었다. 나는 이 현상에 리튬 효과라는 이름을 붙였다.

리튬 효과는 대개 하루에 서너 번, 많으면 여덟 번까지도 일어났다. 횟수에는 규칙성이 없었지만, 대략 오후 2시를 기준으로 반은 그 전에 반은 그 후에 일어났다. 2시 이전에 발생하는 소음과 2시 이후에 발생하는 소음 사이에는 아무런 차이가 없었다. 양쪽 다 매번 9분가량 효과가 지속되었지만 때로는 몇 분 정도 더 길었다. 그렇다고 소리가 달라진다거나 새로운 규칙성이 발견되는 건 아니었다. 리튬 효과에 전조 현상이 있다는 것도 알아냈다. 소음이 증폭되기 전에는 마치 마이크 테스트처럼 짧고 단발적인 소리가 났다.

단편적인 발견들일 뿐이었던 리튬 효과를 하나의 가설로 엮게 된 것은 라디오 덕분이었다. 나는 멍하니 철물점을 뒤지다가 둥근 워크맨을 발견했는데, 그건 내가 언젠가 워크맨으로 라디오를 들을 수 있게 해주겠다고 딸에게 개조해준 것이었다. 딸이 중학생이 되었을 무렵, 그리고 내가 아직 얼리어답터라는 호칭에 어울리는 사람이었을 무렵, 한국에서는 학생 선물로 워크맨과 마이마이가 유행했다. 당시 나는 아프가니스탄으로 라디오를 수출하면서도 다시 한국 시장에서 내 자리를 찾을 수 있을 거라는 희망을 품고 있었다. 시디 워크맨은 역설계 분석의 대상이었다. 워크맨을 분석해 오리지널 상품을 만드는 게 내 계획이었다. 시디 워크맨은 무겁고 거추장스러울 뿐 아니라 시디가 튀는 문제도 있었다. 이런 문제를 해결하고 라디오 기능을 달아 출시하면 반드시 성공할 수 있을 터였다.

열악한 설비로 내가 시디를 분석하기 위해 사용한 방법은 버그를 활용하여 소스 코드에 접근하는 것이었다. 특수한 음을 발생시키는 시디를 사용하면 시디플레이어가 내는 소음을 분석해 기계 내부의 회로와 코드에 접근할 수 있다. 시디의 음을 바꾸는 것으로 기계의 기능을 완전히 다른 것으로 바꾸는 것도 가능하다. 나는 한참 동안 이상한 소음에 시달린 끝에 시디플레이어의 기능을 완전히 바꿔놓아 딸과 아내를 놀라게 하기도 했다. 시디플레이어에서 나오는 소리를 전부 소프라노에서 알토로 전환한다든지, 시디플레이어가 제멋대로 음악을 멈추거나 재생한다든지. 물론 그건 모두 실패의 다른 이름이었지만, 적어도 유쾌한 실패이기는 했다.

이 공명음이 그런 역설계와 무관하지 않을지도 모른다는 생각이 들었다. 만약 공명음이 0과 1로 이루어진 코드라면? 그래서 만약 그것을 통해서 다른 기계를 떨리게 할 수 있는 것이라면…. 이 가설은 비약적이었으나 그만큼 유쾌했다. 역설계가 가능한 이유는 모든 코드와 설계에 모종의 정신이 있기 때문이다. 말하자면 코드는 이런저런 명령이 쓰인 편지이고, 기계는 편지가 시키는 대로 일을 하는 것이다. 나는 시간을 넘어 내게 도착하는 편지들을 어렵지 않게 상상할 수 있었다.

"당신 무엇하다 입니까? 세상 필요하다 당신 입니다."

전보 암호를 해독하는 첩보원처럼 나는 매일 꺼진 보청기를 통해 흘러나오는 공명음을 종이에 옮겨나갔다. 처음 몇 가지 발견은 어렵지 않게 이루어졌다. 컴퓨터를 직접적으로 작동시키는 언어인 어셈블리어는 4비트의 숫자로 이루어진다. 이는 위우위우…위 하는 소리의 리듬과 잘 맞아떨어졌다. 이를 바탕으로 항상 들리는 위우위우…위를 옮기면 이렇게 바뀐다. 1010 0001. 혹은 0101 1110. 하지만 이렇게 옮겨 적을 수는 있어도 저 숫자들이 무엇을 의미하는지는 알 수 없었다. 숫자들은 온종일 흘러나왔고, 내가 무엇을 어떻게 해독해야 할지 알지 못한 채 기계적으로 손만 놀리는 동안에 쌓인 정보는 벌써 공책 한 권을 가득 채워가고 있었다. 더 나은 방법이 필요했다.

나는 스파이를 보내기로 했다. 나는 내 휴대폰을 방전시킨 후 다른 휴대폰들이 있는 서랍에 넣었다. 만약 이 공명 코드가 휴대폰과 상호작용해서 무슨 일인가를 일으키고 있다면, 나는 내 휴대폰이 어떻게 변했는지를 역추적해서 이를 알아낼 수 있을 것이다.

휴대폰을 스파이로 보내고 나니 연락을 받을 수 없었다. 내가 연락이 잘되지 않자 딸은 불쾌해 보였다.

식탁에 앉아 공책만 들여다보던 어느 날, 딸의 발걸음 소리가 유독 크게 들렸다. 나는 짐을 주섬주섬 챙겼다. 처음에는 종일 머물렀지만, 언젠가부터는 눈치가 보여서 낮 동안에만 머물고 딸이나 사위가 귀가하면 집으로 돌아가는 생활을 하고 있었다.

—2주나 지났어요.

딸이 내 뒤통수에 대고 말했다. 나는 대답했다.

—잘 되어가고 있어. 조금만 기다려라.

—공장 문 닫을 때도 그렇게 말씀하셨던 거 기억하시죠?

내가 무어라 대꾸하기도 전에 딸은 밖으로 나가버렸다. 아내가 어느 날 집을 나설 때처럼. 그날, 언제 돌아올 거냐는 질문에 대답하지 않은 건 아내의 마지막 전우애 같은 것이었는지도 모른다. 아내가 떠난 자리에는 개조된 워크맨이 〈우울한 편지〉의 한 가사를 후렴처럼 무한히 반복하고 있었다.

내겐 아무 관계없다는 것을….

나는 아내가 그 워크맨 앞에 오랜 시간 앉아 있던 모습을 기억했다. 그것은 고된 전투의 흔적이 남은 참호와도 같았다. 아내는 쉴 때도 그 참호 앞에서 쉬었다. 아내는 내가 공장을 다시 세울 수 있을 거라고도, 제대로 된 밥벌이를 할 수 있을 거라고도 믿지 않았다. 그저 밀려오는 적군을 향해 총을 쏘다가, 어느 날 갑자기 뒤도 돌아보지 않고 사라져버렸다.

아내가 사라진 후, 나는 딸에게 엄마는 잠깐 여행을 떠난 거라고 말했다. 미국으로 갔다고도 덧붙였다. 딸은 한 번도 보인 적 없는 표정을 지었고, 이렇게 대꾸했다.

─거짓말 좀 성의 있게 해요.

당시에 나는 딸이 중학생이라서 그러는 줄 알았다. 나중에는 아내와 딸 사이에 어떤 대화가 있었을지도 모른다고 믿었다. 그 뒤로도 몇 가지 가설을 더 세웠고 검증해보려고도 했다. 그러나 시간, 딸에게 탈모가 올 정도의 시간은 모든 걸 밀랍으로 굳혀 박물관에 처박아버렸다. 박물관의 사료들은 연구될 수 있을지는 몰라도 편지를 주고받을 수는 없다. 내가 할 수 있는 일은 가끔 금이 간 곳을 때우거나 망가진 걸 고치기 위해 출장을 가는 일뿐이었다.

우리의 시간은 그런 식으로만 흘렀다.

휴대폰을 회수하여 충전하고 전원을 켜보았다. 겉보기에는 아무런 변화가 없었다. 모든 기능이 정상적으로 작동했고 화면이 기괴하게 변해 있다든가 이상한 소리를 낸다든가 하는 일은 없었다. 그러나 배터리가 거의 방전되었을 무렵부터 휴대폰은 이상하게 행동하기 시작했다.

더 이상 내게 조종을 허락하지 않겠다는 듯 휴대폰 화면이 픽 나가버렸다. 그 후로는 어떤 버튼도 말을 듣지 않았다. 분명 배터리가 3퍼센트 정도는 남아 있었으므로 강제로 전원을 켜려고 한다면 켤 수 있어야 하는데 전원 버튼은 먹통이었다. 저전력 상태에서 꾹 누르면 충전이 필요하다는 메시지를 띄우는 버튼도 마찬가지로 작동하지 않았다.

나는 휴대폰을 노트북에 연결해 레지스트리를 뜯어보았다. 휴대폰은 무언가 변화를 겪었다. 그게 무엇이든 로그에는 기록이 남아 있을 것이다. 그리고 과연 이상한 것이 있었다. 이틀 사이 내 휴대폰에는 코드가 새로 생성되어 있었다. 용량은 매우 컸고, 제대로 읽을 수조차 없었으나 그것이 인간이 짠 게 아니라는 사실은 척 봐도 알 수 있었다.

사람이 짠 코드는 최소한의 구조를 가진다. 적어도 이런 공명을 이용하여 코드를 전송할 능력이 있는 인간이라면 코드를 짧고 효율적으로 짜기 위해서 노력할 것이다. 그러나 휴대폰에서 새로 발견된 코드는 난잡하기 짝이 없었는데 그중에서도 효과적으로 작동하는 부분은 거의 없다시피 했다. 글자를 모르는 원숭이가 제멋대로 타자를 치다가 우연히 한 페이지에 한두 개 정도 말이 되는 문장을 써낸 꼴이었다.

내가 발견한 것의 의미를 깨닫기까지는 조금 시간이 걸렸다. 아니 정확히는 그 의미를 인정하기까지는 하루가 넘는 시간이 필요했다. 그것은 어느 날 갑자기 은행이 파산했을 때, 아내가 집을 떠났을 때, 혹은 개조한 워크맨 너머로 총격과 비명이 들려왔을 때의 느낌과 비슷했다.

편지는 없었고, 버려진 휴대폰들은 살아 있다. 그들은 배터리에 남아 있는 잔여 전력을 이용해 생존하고 있었다. 화면을 켠다면 10분도 채 버티지 못할 에너지를 가지고 그들은 온종일 함께 공명했다. 그 떨림이 이 집과도 공명하여 공간이 비명을 지르게 만들고 있었다. 하루에도 여러 번 바뀌는 바깥의 온도 때문에 집의 고유진동수가 변하기 때문이었다. 가장 기온이 높은 오후 2시를 기점으로 대칭적인 시간마다 집은 떨었다. 다른 집에서는 소리를 듣지 못한 것도 당연한 일이었다. 다른 집은 다른 고유진동수를 가지고 있으므로 함께 떨리지 못한다.

물론 그것이 리튬 효과의 모든 것이라고 말할 수는 없다. 집에 더 이상 사용하지 않는 휴대폰을 모아두는 사람들은 꽤 많다. 하지만 모두가 이런 일을 겪는 것은 아니다. 오래도록 버려두었던 휴대폰을 다시 충전해서 사용해보면 그건 버려질 때의 상태 그대로 다시 켜질 것이다. 도대체 무엇이 이런 일을 가능하게 했단 말인가? 이 집의 무엇이 특별한 상호작용을 만들어낸 것이란 말인가? 그들은 어떤 의식을 가지고 이런 일을 하는 것일까? 아니면 그저 우연한 오류의 반복일 뿐일까?

0과 1이 빽빽이 적힌 공책은 이제 3권이 되었다. 메시지가 없다고 해도 해독을 멈출 수는 없었다. 나는 이 진화를, 어떤 몸부림을 연구해야만 했다. 하지만 공책 대부분은 쓸모가 없었고 수십 페이지 중 한두 줄만 가끔 의미가 있었다. 끊임없는 자기 반복 속 아주 미세

한 차이들. 소음은 소음일 뿐이었다.

　— 그냥 저희가 이사를 할게요.

　딸이 집에 돌아오지 않은 어느 날 밤, 사위는 그렇게 말했다. 그는 딸의 탈모 증상이 심해지고 있다고 했다. 이렇게 계속할 수는 없다고 했다.

　— 하루만 더 다오.

　나는 그렇게 요구했고, 그 요구는 받아들여졌다. 하지만 하루만에 대단한 성과가 있을 수는 없었다. 내가 마지막 날 한 일이라고는 그저 딸 내외 몰래 휴대폰들을 챙겨 집으로 돌아간 것뿐이었다. 철물점 미닫이문에는 라디오를 잘 찾아갔다는 최 씨의 메모가 붙어 있었다. 딸에게서 전화는 오지 않았다. 그 애는 문제가 없으면 나를 찾지 않으니 아마 소음은 해결이 되었을 터였다.

　나는 휴대폰들을 서랍에 몽땅 쏟아 넣고, 기다렸다.

　어쩌면 평생 그래왔던 것처럼.

다
이
윗
미

나는 B와 우다武大 기술대학원에서 알게 되었
고, 졸업 이후로는 만난 적이 없다. 그러나 이것은 B에
관한 관찰이다.

B는 태양계가 속한 막대나선은하의 한쪽 팔 끝
에 있는 작은 항성계에서 말년을 보낸다. 우리은하라는
이름의 그 은하에서 태양계는 한쪽 팔의 중간쯤에 위
치한다. B는 각속도 법칙에 따라 지구에 있는 누구보다
빨리 회진하고 있다. 길이가 있는 물체는 부분에 따라
회전 속도가 다르다. 그 속도를 구하는 공식은 $v = w \times r$

이다. B는 젊은 시절 우주선을 타고 여러 항성계를 오 갔지만, 죽을 때까지 그게 무엇을 의미하는지 제대로 알지 못할 것이다.

B는 일찍 일어날 필요가 없다. 그러나 눈이 일 찍 뜨이는 날도 있다. 창밖은 으깬 토마토색이다. 구름 과 안개에 아침노을이 질펀하게 배어들었다. 오로지 색 과 덩어리감. 그 외에는 아무것도 없다. 화려한 색감이 단속적이고 황량한 풍경을 숨긴다. 그건 B가 이 행성을 좋아하는 몇 가지 이유 중에 하나다. 아니 정확히는 싫 어하지 않는 이유다. B는 이제 어디로도 떠나지 않는다. B에게 사명감이 있던 시절은 이미 오래전에 끝났다.

연구실을 졸업하고 내가 고향으로 돌아갈 때 B 는 우주로 떠났다. 둘 다 자의는 아니었다. 그 시절 우리 는 모두 빅테크 기업에 들어가거나 스타트업을 차릴 것 이라는 기대에 차 있었다. 기술적 특이점이 부와 명예 를 양손에 쥐고 우리 눈앞에 어른거렸다. 그러나 당은 고학력자를 시골로 보내 지방을 활성화하겠다는 계획 을 세웠다. 내게는 고층 빌딩 하나 없는 시골로 향하는 기차표가 도착했다. 우리 중 가장 체격이 좋았던 B에게는 우주복이 도착했다. 모두 B를 축하했고 내심 부러워했다. 당시에는 우주야말로 도시에서 가장 멀다는 사실을 몰랐다. 고층 빌딩을 권력의 상징이라고 할 때, 권력은 위치에너지다. 지구에서 위치에너지는 높을수록 크다. 우주에서의 위치에너지는 언제나 음수다. 이는 실제로 그렇다기보다는 계산의 편의를 위한 수학적 편법이지만, 때로는 표기가 실재보다 더 현실적인 법이다.

B가 침대에서 몸을 일으키는 데는 30분 정도가 걸린다. 2년 전에는 15분이었다. 130년 전에는 1분도 걸리지 않았다. B는 기숙사에서 가장 먼저 식당까지 뛰어가는 학생 중 하나였다.

B는 느려지고 있다. 팔다리뿐만 아니라 두개골 안에 들어 있는 것들도. B는 시계를 보기 전까지 몸을 일으키는 데 30분이나 걸렸다는 사실을 몰랐다.

위치에너지 변화를 계산하면 B가 죽음에 가까워지는 속도를 측정할 수도 있다. 중력이 강한 곳일수록 시간은 느리게 흐른다. 복잡한 우주항법에 비하면 그건 기초 미적분에 불과하다. 하지만 간단하다는 것이 무언가를 해야 할 이유가 되어서는 안 된다.

　　B는 휴대폰 단말기를 집어 든다. 뭔가를 기대해서가 아니라 그저 오랜 습관이다. 알람을 쓰지 않은 시기가 쓰던 시기보다 길지만 아무리 오랜 시간이 지나도 어떤 경험은 다른 모든 경험을 내려다보기 마련이다. 사용자를 인증해야만 볼 수 있는 메시지가 하나 와 있다. 당이 보낸 메시지다. B는 읽지 않는다. 정말로 알아야 할 사실이라면 당은 그걸 어떻게든 알리게 되어 있다. 우주선을 보내든, 초신성 폭발에 맞춰 하늘에 편광기를 설치하든, 붉은색 딱지를 집 안 곳곳에 붙여놓든 그쪽이 아쉬운 소식은 반드시 전해진다. 열역학 제2법칙에 따르면 열은 에너지가 높은 쪽에서 낮은 쪽으로 흐른다. 열에는 명령, 경고, 통지, 연봉 따위가 포함된다.

　　흔히 시간 여행은 불가능하다고 하지만 그건 틀렸다. 미래와 과거는 훤히 열려 있다. 좋은 망원경과 물리학 지식만 있으면 누구나 시간에 접속할 수 있다. 다만 직접 시간을 이동할 수 없을 뿐이다. 오직 충분히 멀리 떨어진 이들의 과거와 미래만이 보인다. 너무 멀어

서 내가 무엇을 보았든 그 소식을 전하는 건 불가능한,
그런 이들의 시간만.

나는 고향에 망원경을 설치했고, 그 망원경은 B
의 미래에 닿아 있다. 내게 보이는 미래는 오직 그것뿐
이다. 당은 이런 방법으로 미래를 선도해보겠다면서 수
많은 사람을 우주에 흩뿌렸다. 당이 어떤 성과를 얻었
는지 나는 모른다. 다만 B가 미래에도 지구로 돌아오
지 못한다는 것만은 확실하다. B는 은하의 끄트머리에
서 별 없는 밤하늘을 보며 열전도의 끝을 기다린다. 어
두운 진공 속에서는 자기가 얼마나 빨리 회전하는지 알
수 없다.

B는 천천히 화장실에 갔다가 돌아와, 워터 카우
치의 전원을 켠다. 그런 일이 방 안에서 장장 1시간에
걸쳐 일어난다. 문을 열고 나가면 거실이 있고 거실 너
머에는 다른 방도 있지만, B가 거기까지 가는 일은 좀
처럼 없다. 이 집은 B에게 너무 넓다. 이 행성처럼. 워터
카우치가 찌그러진 민달팽이처럼 부풀어 오른다. 부드
럽지만 튼튼한 피막 안쪽에 물이 가득 차면 B는 그 안
에 파묻힌다. B의 눈 위로 드리운 워터 카우치의 뭉툭

한 더듬이에서 영상이 자동으로 재생된다.

C의 다이윗미.

간단한 제목 아래로 남자의 모습이 드러난다. 방송을 시작한 지 오래되지 않은 듯하다. 남자는 주섬주섬 매무새를 가다듬고 카메라를 향해 밝은 미소를 지어 보인다. 카메라 뒤에는 B와 다른 사람들이 있다. 남자의 미소는 밝지만 힘차지는 않다. 화장으로도 가릴수 없는 죽음의 기색이 남자의 얼굴에 드러나 있다. 눈밑의 검붉은 얼룩, 생기 없는 피부, 가는 모발. 왕년에 액션 스타였다던 남자는 늙었고, 죽음을 앞두고 있다.

액션 스타의 책상 위에는 두꺼운 유리로 된 잔이 놓여 있다. 액션 스타는 시청자들에게 환영 인사를 건네며 잔에 검은 액체를 채운다. 갈색 거품이 잔 위로 부풀어 올랐다가 꺼진다.

나는 액션 스타의 입술을 읽는다.

─내일 죽을 수 있음에 감사합니다.

액션 스타는 그렇게 기도한 다음 액체를 단숨에 들이켠다. B는 액션 스타를 따라 물을 마신다. B의 경우에는 향정신성 진통제를 곁들인다는 게 다르지만, B가 진통제 못지않게 액션 스타에게 의지하고 있음에는 의심할 여지가 없다. 물에 섞인 진통제가 B의 몸속으로 흘러든다. 그건 일종의 의식이고, 시간이 흐르는 한 의식은 계속될 것이다. 오늘과 내일의 온도 차가 완전히 사라질 때까지 시간은 내일에서 오늘로 흘러든다.

　　지구에서는 스터디윗미라는 장르의 동영상이 유행하고 있다. 유튜브가 TV와 영화에 몰매를 놓는 이 생경한 광경을, 지금 우주에서는 볼 수 없다. 내가 아는 바에 따르면 당은 우주에 초저대역 통신망을 조금씩 깔고 있다. 하지만 현재 우주와 지구 사이의 무선 통신은 450바이트를 넘길 수 없다. 그 정도 용량으로는 잘해봐야 사진 한 장, 짧은 기사 한 편을 보내는 게 한계다. 인류가 유니코드를 폐기하기 전까지는 계속 그러할 것이다. 참고로 그건 이 문단의 길이와 정확히 같다.

　　스터디윗미는 함께 공부하자는 'study with me'를 발음 그대로 쓴 것이다. 토르소처럼 상반신만 드러낸 사람이 자기 목 아래와 책상을 카메라로 찍으며 공부하는 게 영상의 전부다. 영상의 주인공은 화면에 대고 재미난 얘기를 지껄이지도 흥미로운 화면을 연출하지도 않고 그저 자기 할 일을 하며 카메라를 7시간이고 10시간이고 켜둔다. 잘나가는 스터디윗미는 몇 천만 명이 보기도 한다.

스터디윗미로 시작된 장르가 미래에는 다이윗미까지 가는 모양이다. 미래에는 인생 전체가 유튜브에 남는다. 세계란 고작 하나의 플랫폼에 불과하다.

액션 스타는 지구에 사는 듯하지만 확실하지는 않다. 그곳은 너무 지구를 닮아서 오히려 미래의 지구가 아니라 옛 지구를 재현해놓은 다른 행성 같다. 물론 그곳이 어디든 B와는 멀리 떨어져 있을 것이다. B의 항성계에는 지구를 닮은 행성이 없다. 태양보다 늙은 별이 느리게 도는 행성들 가운데서 천천히 죽어가고 있다. 그곳에 남은 행성들은 항성 곁을 떠나기에는 너무 무거운 가스 행성 세 채가 전부다.

B가 어째서 그런 항성계에 있는지 나는 모른다. 어쩌면 미래의 어느 시점에 당원이 방문해 선택지를 내밀었을 수도 있다. 이 행성이 선택된 건 그저 붉은색이 눈에 잘 띄기 때문이었을지도. 어차피 그에겐 어디든 별다를 바 없었을 것이다. 인구 밀도란 사람을 만날 일이 있는 사람에게나 의미가 있는 단어다.

알람이 울린다. B는 불에 데인 사람처럼 흠칫 떤다. 그러나 움직임은 빠르지 않다. B는 천천히 워터 카우치에서 일어나 책상으로 향한다. 책상 위에는 노트 와 몇 가지 계측 장비가 어지러이 놓여 있다. B는 노트 에 몇 가지 메모를 한다. 그다음 계측 장비의 측정값을 가지고 간단한 계산을 몇 차례 수행한다. 노트에 거주 부적합이라고 쓴다.

B는 워터 카우치로 돌아가 앉는다. 2시간이 걸 린다.

나는 아무도 없던 행성에 B가 착륙하던 날을 기 억한다. B의 우주선이 구름 위에 내려앉자 구름에 가벼 운 파문이 일었다. B의 임무는 이 항성계의 활성화였 다. 이는 지난 100여 년 동안 B가 계속 수행해오고 있 지만 단 한 번도 성공한 적 없는 임무와 정확히 같은 내 용이다. 아무도 없는 항성계에 가서 그럴듯한 기반 시 설을 형성하고 함께 살아갈 사람들을 모으기.

B는 일주일 동안 집을 지었다. 가스 형태의 행 성은 거대한 만큼 그에 걸맞은 강한 중력을 가졌다. 이

행성은 구름조차 단단하다. 구름과 행성의 중심을 잇는 가상의 선과 직교하도록 구름 끝에 회전하는 철심을 박는다. 그 철심을 회전축으로 하여 거대한 바퀴를 연결한다. 바퀴는 행성의 중력과 자전에 영향을 받아 일정한 방향과 속도로 회전한다. 그 회전으로 인해 발생하는 원심력이 행성의 중력을 약화해 B를 보호할 것이다. B는 바퀴의 두꺼운 테두리 중 한 점을 잡아 그곳에 집을 짓는다. 집은 구름 끝에 걸린 채 회전하지만, 집 안에 있는 B는 일정한 중력을 경험할 것이다.

그렇게 만든 집에서 B는 임무를 수행한다. 임무를 수행한다. 임무를 수행한다.

B에게 다른 메시지가 도착한다. 메시지가 죽어가는 액션 스타의 얼굴을 가린다. 이번에는 당의 것이 아니다. W가 보낸 것이다. W는 B의 아내다. 잘 지내? W는 그렇게 보냈다. 메시지에는 100년 전의 타임스탬프가 찍혀 있다. B는 단말기에 아무런 조작도 가하지 않는다. 메시지 알림이 힘없이 위로 말려 올라간다. 그러자 스턴트 액션을 연습하는 액션 스타의 모습이 다시 화면을 채운다. 액션 스타는 여지없이 벽 타기에 실패

하고 부드러운 매트 위에 떨어진다. B는 눈을 질끈 감
는다. 1시간이 흐른다. B의 눈가는 건조하다.

우리은하의 끝으로 가기 전, B는 수성에 있었다.
스윙바이를 하기 위해서였다. 스윙바이는 우주선이 적
은 동력으로 먼 거리를 항해하기 위해 천체의 중력을
이용하는 방법이다. 우주선은 천체의 중력장 안에 들어
갔다가 빠져나오면서 행성의 공전 방향으로 천문학적
인 가속을 얻는다. 이 과정에서 행성은 우주선에 준 만
큼 운동량을 잃지만, 우주선과 행성의 질량 차이 때문
에 행성이 잃는 속도는 극히 미미하다. 물체 사이의 물
리량 교환은 정정당당한 기브앤테이크지만 언제나 영
향을 더 크게 받는 건 가벼운 쪽이다. 질량이 m이고, v
의 선속도로 움직이는 물체는 $p = mv$만큼의 운동량을
갖는다.

수성에서 B는 아직 젊었고, 연구소에서 단련한
근육을 유지하고 있었다. 근 성장은 몸무게와 밀접한
연관이 있다. 아무리 단련을 열심히 해도 스테로이드
계열 약물을 사용하지 않으면 몸무게가 허락하는 것 이
상의 근육은 가질 수 없다. 몸무게를 결정하는 것은 질

량과 중력 상수의 곱이다. 수성의 중력은 지구의 절반밖에 안 된다.

B는 수성에서 W를 만났다. W는 수성의 항공우주국에서 일하는 야윈 사람이었다. 수성에서 태어나 수성에서 자란 W는 수성의 중력에 맞게 가벼웠다. W는 B의 스윙바이에 맞춰 B에게 보급품을 전달하는 임무를 수행했다. B는 스윙바이 과정에서 5년 동안 수성과 목성 둘레를 서른여섯 바퀴 돌았다.

첫 번째 방문 : B와 W는 사무적인 인사를 건넸고 서로를 인식했다.

세 번째 방문 : B와 W는 업무 외 사담을 나누기 시작했다.

여섯 번째 방문 : W는 우람한 근육을 가진 B에게 매료되었다. 그런 근육은 수성에서는 볼 수 없는 것이다. B 역시 W의 갸름한 얼굴에 흥미를 느꼈다.

열 번째 방문 : W가 보급품에 반지를 끼워 넣었다. 우주선이 날아가는 속도가 눈에 띄게 빨라졌다.

열다섯 번째 방문 : W는 수성에서 우주선을 방문하는 게 아니라 우주선에서 내려 수성에 방문했다.

스물한 번째 방문 : 한 번 시작된 스윙바이는 멈

출 수 없다.

스물여덟 번째 방문 : W는 이런저런 담판을 짓기 위해 수성에 내렸다.

서른여섯 번째 방문 : B의 우주선은 W와의 랑데부에 실패했다. 우주선은 40km/s로 수성 궤도를 통과한 후, 다시는 태양계로 돌아오지 않았다.

B의 우주선이 내뿜는 불꽃이 우주에 가볍고 푸른 선을 그렸다.

모든 무선 통신은 전자기파를 통해 이루어진다. 전자기파는 빛과 같고, 우주 서비스는 광속불변을 보장한다. 이는 어떤 속도로 움직이든 빛을 쏘면 그 속도가 299,792,458m/s이라는 뜻이다. 광속불변은 근거리 무선 통신에서는 신뢰할 만한 양질의 서비스를 제공하지만, 사용자 사이의 거리가 멀어질수록 서비스 품질이 곤두박질친다.

B의 우주선은 목성과 천왕성을 거치며 스윙바이를 해 속도를 142km/s으로 높이며 태양계를 벗어났다. 태양계는 우리은하의 중심을 축으로 250km/s의 각속도로 회전운동하고 있다. B와 W 사이의 상대운동에

서 태양계의 공전을 무시할 수 있을 때까지 3년이 걸렸다. 둘은 메시지를 주고받았다.

미안해. 4일이 흘렀다. 내가 너무 빨랐어. 두 달이 흘렀다. 확보할 수 있는 연료가 부족했어. 반년이 흘렀다. 앞으로 어떻게 할 거야? 3년이 흘렀다. 내가 따라잡을 수 있을까? 8년이 흘렀다. 모르지. 40년이 흘렀다. B는 정말로 몰랐다.

인간은 중력이 강한 곳에서 약한 곳으로는 이주할 수 있지만 반대는 거의 불가능하다. 인간의 육체는 성장 과정에서 부과된 중력에 맞춰 성장한다. W가 만약 B를 따라갔다고 하더라도 W는 B 옆에서 평생 이런저런 퇴행성 질환에 시달렸을 것이다.

지구에는 아이들이 미래에 우주로 나가게 될지도 모르니 고중력 태교를 해야 한다고 주장하는 이들이 있다. 나는 종종 그들에게 이 망원경을 보여주는 상상을 한다. 하지만 다른 이가 망원경을 보면 그건 B가 아닌 다른 이를 비추고 있을 것이다. 시력과 수정체의 탄력, 눈의 자연스러운 초점거리 같은 것들은 사람마다 다르다. 정확하게 같은 눈을 가진 사람이 아니라면 모

두가 다른 미래를 보게 된다. 같은 사람이라고 할지라
도 나이를 먹음에 따라 다른 미래를 볼 것이다. 나는 고
향에 돌아온 뒤로 B만 보인다.

W에게는 B가 보이지 않을 것이다.

우주선 한 대가 B의 행성으로 접근한다. 작은
우주선이지만 가스 행성에 파문을 일으키기에는 충분
하다. 대기와 구름과 구름 위에서 회전하는 B의 집과 B
가 앉은 워터 카우치와 B가 흔들린다. 행성은 크게 보
면 하나의 系system이지만, 느슨하게 연결된 물체가 받
는 힘은 부분에 따라 모두 다르다.

B와 워터 카우치가 관성을 반대 방향으로 받고
있기에 B는 액션 스타가 미친 사람처럼 흔들리는 걸 본
다. 처음에는 액션 스타가 특이한 화면 연출을 하는 줄
알았을 것이다. 하지만 액션 스타의 액션과 요동치는
화면 사이에는 아무런 연관성도 없다. 곧 B는 흔들리는
것이 자신이라는 걸 알아차린다. 우주선은 누런 불꽃을
내뿜으며 구름 위에서 균형을 잡는다.

B가 워터 카우치 밖으로 빠져나오려는 순간 워
터 카우치가 터진다. 등허리가 순식간에 축축하게 젖

고, 나비가 고치를 가르고 나오는 영상을 반대로 재생한 것처럼 B는 물침대의 찢어진 틈에 집어삼켜진다. B는 액션 스타가 클로즈업되어 부쩍 다가오는가 싶더니 다시 훅 밀려난다고 생각했을지도 모른다. 어쩌면 비명을 질렀을 수도 있다. 그러나 B가 낼 수 있는 소리는 부글거리는 거품 소리가 전부다.

워터 카우치가 더 위쪽에서 찢어졌더라면 B는 질식했을 것이다. B에게는 다행히 고개를 들 만한 공간이 있다. 하지만 숨을 쉴 수 있다는 게 탈출할 수 있다는 뜻은 아니다. 부드럽지만 튼튼한 워터 카우치가 잔뜩 움츠러들어 B의 움직임과 시야를 제한한다. B가 공포를 느끼는지는 알 수 없다. 향정신성 진통제는 감각을 무디게 하고 우울감을 없애주는 효과가 있지만, 그것이 공포에까지 적용되는지는 미래에도 확실하지 않다.

5시간이 흐른다. 방은 얕은 호수가 되었다. 워터 카우치와 연결된 배수관에서 계속 물이 흘러나온다. B의 몸이 부력을 받아 둥실 떠오른다. B는 주변의 물 덕분에 다시 어느 정도 형태를 유지하게 된 워터 카우치에서 빠져나온다. B의 옷과 머리에서 물이 뚝뚝 떨어진다.

B는 찰박찰박 걸어 화장실에 들어간다. 화장실 벽에 설치된 두꺼비집 같은 장치를 조작하자 B의 몸이 공중 부양하듯 살짝 떠오른다. 바닥에 깔린 물은 자연스럽게 뭉쳐 작은 구슬들로 변한다. 배수구는 불룩한 물의 막으로 막힌다. 집의 회전이 빨라지면 집의 중력은 더 약해진다. 서로 다른 두 물 입자는 극성에 의해 서로를 끌어당긴다. 중력보다 그 힘이 더 강할 때 물은 동그랗게 뭉친다.

B는 주섬주섬 찬장을 뒤져 방독면을 꺼낸다. 방독면을 쓰고 창을 연다. 회색 구름이 방 안으로 밀려든다. B은 바닥을 뒹구는 물방울을 그러모아 창밖으로 던진다. 구슬비가 집에서 나와 구름으로 빨려 들어간다. 마치 비가 집 안으로 들이치는 걸 역재생한 것 같은 모습이다.

창밖으로 구름 위에 선 우주선이 보인다. 우주선에 반사된 항성의 빛이 집 안을 붉게 물들인다. SOS 신호처럼.

B는 시그너스 항성계를 지나던 중 긴급 통신을

받았다. 내용은 다음과 같다.

이름 : 서윤빈

나이 : 2X세

성별 : 남

개인 단말 번호 : 082-01020-2020398-38182

이메일 주소 : yoonbinseo2097@gmail.com

1G에서의 체중 : 75kg

성격 : 전형적인 농담 지상주의 활자 노동자. 말이 많은 편이다.

인간관계 : 미혼. 친구가 많지 않다.

긴급 통신의 경위 : 나는 블랙홀의 중력장에서 잡혀 사건의 지평선에 가까워지고 있다. 머지않아 나는 블랙홀의 중력에 의해 원자 수준으로 붕괴할 것이다. 그전에 신상 명세와 연구 내용을 남긴다.

정보는 소실되거나 조작되지 않아야 한다. 이는 나 자신의 욕망일 뿐만 아니라 우주의 규칙이기도 하다. 물 분자는 지구 상온에서 액상이며, 1기압 100℃에서 끓는다. 이는 물이라는 분자가 가진 정보를 바탕으로 일어나는 우주의 법칙이다. 물의 성질은 절대로 사라지

게 할 수 없다. 다른 수소 입자와 산소 입자를 결합시켜 새로운 물 분자를 만들어도 이러한 특성은 변하지 않는다. 결혼 상대가 바뀐다고 혼인신고서가 바뀌지 않는 것과 같다.

문제는 블랙홀은 마치 물질에서 정보를 제거하는 것처럼 보인다는 점이다. 블랙홀 안으로 들어간 물질의 종류가 무엇인지는 관계없이 그 물질에 관하여 확실히 보존되는 정보는 질량, 전하량, 각운동량뿐이다. 이는 사건의 지평선의 크기나 회전 방향 따위의, 각 블랙홀의 성질로 나타난다. 그러나 다른 정보는 전혀 관측할 수 없다.

두 가지 가능성이 있다. 만약 블랙홀이 물질의 정보를 삭제한다면 언젠가 블랙홀이 죽었을 때 그곳에서 나오는 입자들은 아무 의미 없이 우주를 돌아다니게 될 것이다. 그들이 무슨 짓을 할지는 아무도 모른다. 반대로 블랙홀이 정보를 보관하고 있다면 우리는 세계를 완전히 다시 이해해야 한다. 물질과 정보가 분리될 수 있다면 세계는 순수한 마음으로 존재할 것이다. 언어조차 거치지 않은 마음으로. 사건은 발생할 필요가 없다. 두 사람이 아무리 멀리 떨어져 있더라도 그들은 언제나 함께 있는 것과 같다.

내가 블랙홀에 빨려드는 최초의 인간은 아닐 것이다. 그러나 이 정보를 받은 당신은 언젠가 내가 블랙홀 밖으로 빠져나왔을 때 어떻게 행동하는지 살펴주기를 바란다. 당신의 손에 세계의 운명이 달렸다.

우주선이 빨려들고…

B는 조난자를 찾아보려고 노력했으나 끝내 서윤빈을 찾을 수 없었다. B는 도움이 되지 않을 걸 알면서도 망원경으로 주위를 둘러보았다. 그러나 B의 망원경이 비추는 것은 인상을 팍 쓰고 잘 이해되지 않는 소설을 끙끙대며 읽어 내려가는 한 독자의 모습뿐이었다. 우주로 나간 이후 B의 망원경은 그 독자만을 비췄다. 독자는 단 한 번도 B에게 도움이 된 적이 없다.

B는 종종 자신의 지독한 외로움이 독자의 탓은 아닐지 의심한다.

방 안의 호수를 치운 후 B는 다시 화장실로 들어가 두꺼비집 같은 장치를 조작한다. 솟아오른 채 형체를 유지하던 워터 카우치가 볼품없이 2차원으로 줄

어든다. B는 워터 카우치를 끌고 방 밖으로 나간다. 그리고 거실 한구석에 워터 카우치를 던진다. 그곳에는 이미 수많은 2차원 카우치가 버려져 있다. B는 창고에서 똑같은 카우치를 하나 꺼내 새로 설치한다. 워터 카우치가 민달팽이처럼 부풀어 오른다. 워터 카우치는 B가 죽은 후 새로 온 후임이 평생 쓰고도 남을 만큼 많다.

B는 우주복을 입는다. 밖으로 나가 우주선 안으로 들어간다. 거기에는 우주선이 수집해온 샘플과 데이터가 있다. B는 그것들을 집으로 옮긴다. 옮겨온 것들을 참고해 노트에 몇 가지 메모를 한다. 측정값을 가지고 간단한 계산을 몇 차례 수행한다. 노트에 거주 부적합이라고 쓴다.

우주선이 연기를 내뿜으며 날아간다. 관성이란 느슨하게 연결된 물체가 원래 운동상태를 유지하고자 하므로 발생하는 현상이다. B의 행성과 그 안의 구름과 구름 위의 B의 집과 B는 이제는 우주선이 행성에 착륙했을 때의 운동상태를 유지하기 위해 흔들린다.

우주선은 멈추지 않고 우주로 날아간다. 우주선은 B의 행성을 스윙바이한다. 우주선이 B의 집이 있는 상공을 지나칠 때마다 하늘이 누렇게 반짝인다. B의 행성은 운동량을 잃는다. 물체 사이의 물리량 교환에서 언제나 영향을 더 크게 받는 건 가벼운 쪽이다. 하지만 무거운 물체 안에도 수많은 작은 것들이 들어 있기 마련이다.

오르트 구름은 태양계를 껍질처럼 둘러싼 천체 집단이나, 그 질량은 지구의 다섯 배 정도밖에 안 된다. 오르트 구름은 멀리서 보면 구름이지만 그사이를 통과하는 사람에게는 천체와 천체 사이의 공간이 너무 넓어서 없는 것이나 마찬가지다. B는 오르트 구름을 지나며 임무에 관해 생각했다. 임무는 체크리스트로 구성되어 있다.

☐ 사람을 만난다.

☐ 관계를 형성한다. 호걸처럼 보여야 할 것이다.

☐ 폭죽 축제를 연다. (공기가 없는 우주 공간에 어떻게 폭죽을 터트릴지 연구할 것)

☐ 사랑을 한다.

☐ 사랑을 나눈다.

☐ 아이를 낳는다. 다른 사람들도 그렇게 하도록 격려
한다.

☐ W에 관해 생각하지 않는다.

☐ 관계를 유지한다.

☐ 인형과 고장난 계기판 사이에 질적 차이는 없다.

☐ 세미나를 열거나 참석한다. (솔직함이 중요하다)

☐ 죄책감이 임무에 아무런 도움이 되지 않는다는 사
실을 이해한다.

☐ 공짜로 외로움을 달래겠다는 건 도둑놈의 심보다.

☐ 사실은 죄책감을 도피의 수단으로 이용하고 있을
뿐이라는 걸 인정한다.

임무의 정확한 달성 기준은 불명확하다. 그러나
B가 임무 달성에 성공한 적이 없다는 건 확실하다. 어
쨌든 모든 일은 B의 책임이다.

집안으로 흘러들었던 회색 구름은 모두 사라지
고 없다.

해가 진다. 행성은 더 이상 붉은 토마토 빛이 아
니다.

B는 오늘도 죽지 않았다. B는 침대에 누워 뒤척이고 있다. B에게 일찍 자야 할 이유 따위는 없다. 그러나 할 게 없으면 사람은 자연히 잠들게 되기 마련이라서 B는 평소 꽤 일찍 자는 편이다.

B는 액션 스타의 이름을 검색한다. 검색 결과에 동영상은 하나도 없다. 그 대신 액션 스타의 죽음 날짜를 가지고 도박을 하는 사이트가 맨 위에 노출된다. B는 사이트에 접속한다.

세 줄짜리 표가 있다. 맨 왼쪽에는 한 달 단위로 묶인 날짜가 있고, 다음 줄에는 액션 스타가 죽지 않았을 때의 배당률, 마지막 줄에는 액션 스타가 죽었을 때의 배당률이 쓰여 있다. 배당률은 액션 스타가 여든 살이 되는 해에 최고점을 찍은 후 이후 다시 천천히 내려갔다. 액션 스타가 여든 살이 될 수 있을 거라고 생각하는 사람은 액션 스타가 내일 죽을 거라고 생각하는 사람보다 적다.

B의 오늘보다 앞선 날에도 배당이 있다. 이 항성계의 인터넷은 액션 스타의 인터넷으로부터 멀리 떨어져 있으므로, 액션 스타가 죽었다는 정보가 아직 도달하지 못했을 가능성에 대해 거는 것이다. 오늘 이전

의 날짜에서 액션 스타가 죽었을 가능성은 완전히 무작
위적이다. 과거는 마구 헝클어진 채, 제대로 된 규칙도
없이, 단속적으로만 존재한다.

　　　B는 액션 스타가 백 살이 되는 해에 돈을 건다.
배당률을 가지고 확률을 역산해보니 B가 딸 확률은
0.00000125퍼센트다. 거기에는 B가 그 전에 죽을 확
률은 포함되어 있지 않다. 단지 열역학 제2법칙에 따른
미래에 대한 기댓값이 무심한 숫자 하나로 표기되어 있
을 뿐이다.

배틀그라운드

할머니가 죽은 뒤 나는 한동안 배틀그라운드
만 했다. 배틀그라운드는 무법 지대에서 살아남는 서
바이벌 게임이다. 나는 폐허가 된 섬에 낙하해 아무도
살지 않는 집을 뒤져 무기를 챙겼고, 거기서 나온 온갖
무기로 다른 참가자들을 죽였으며, 좁아지는 안전 구
역을 향해 달렸다. 에란겔 섬에서 살아남을 수 있는 건
100명의 참가자 중 단 한 명뿐이다. 나는 몇 번인가 생
존했고, 수백 번 죽었다.

언젠가 이걸 의사에게 말했더니 그는 가만히 고
개를 끄덕였다. 그러고는 수첩에 휘적휘적 무언가를 적

었는데, 아마도 '가상 죽음을 반복함으로써 현실 죽음의 무게를 받아들이는 심리적 연습을 수행하고 있음' 따위의 말이었을 것이다. 그러고는 의욕을 보이는 게 참 좋다며 항상 처방하던 것과 이름만 다른 약을 주었다. 그는 내게 수면제를 주지 않았다. 나는 의사가 조금 원망스러웠지만 다른 병원을 찾지는 않았다. 병원을 바꾸면 다시 초진을 받는 데 이십만 원 정도 든다. 미디어에서는 '마음의 감기' 같은 말을 떠들어대던데 글쎄, 감기는 보험 처리가 된다. 콘서트면 모를까 수면제에 이십만 원을 쓸 수는 없었다. 잘 잔다고 돈을 주는 곳은 내가 알기로는 생동성 시험실밖에 없다.

어쨌든 나는 게임의 죽음과 현실의 죽음을 연결 지어 생각할 정도로 바보는 아니다. 배틀그라운드와 할머니의 죽음 사이의 연관성은 '100'이라는 숫자 하나뿐이다.

100명을 수용할 수 있는 장례식장이 이틀 반나절 동안 북적였다. 할머니와는 그렇게 친하지 않았다. 굳이 따지자면 데면데면한 정도였던 걸로 기억한다. 하지만 잠이 안 와서 나는 얼떨결에 같이 밤샘을 하게 됐다. 처음 보는 어른들이 내 손을 잡으며 덕분에 훨씬 편하다고 말했다. 주름이 많거나 검버섯이 핀, 건조한 손들이었다. 사실 나는 일도 거의 안 돕고 자리만 차지하고 있을 뿐이었지만, 그걸 굳이 말해서 분위기를 깨지 않을 정도의 분별력은 있었다. 처음 보는 사람들이 부엌일을 돕고, 잡무를 처리하고, 맞절을 올리는 걸 보면서 나는 슬프기보다는 신기했다. 어떻게 이렇게 가족이 많을까. 가족이 이렇게 많은데도 어째서 한 번도 본 적이 없을까. 잘은 몰라도 현실에서는 사람이 배틀그라운드에서처럼 픽픽 죽어나가지는 않기 때문이겠지.

에란겔 섬에서 인간은 현실적으로 죽고 비현실적으로 산다. 가장 일반적인 죽음은 살인과 교통사고다. 총에 맞거나 차에 치이면 죽는다. 조금 덜 일반적인 죽음으로는 폭사와 실족사, 팀원이 쏜 총에 맞아 죽는 아군 사격, 자살 그리고 자기장 감전사가 있다. 안전 구역 안으로 제때 들어가지 못한 사람은 안전 구역 밖을 가득 메우고 있는 푸른 자기장에 휩싸여 쩌릿쩌릿 마비되다가 죽음을 맞는다. 그건 이오가 가장 싫어하는 죽음이다.

이오는 우리가 죽을 때 죽더라도 자기장 안에

서 죽으면 안 된다고 목소리를 높이곤 했다. 사람과 총격전을 하다 죽으면 그 사람을, 바보짓을 해서 자살하게 되면 자신을 욕하면 된다. 하지만 자기장에 죽으면 남는 건 허탈함뿐이다. 자기장이란 안전 구역 밖을 위험하게 만드는 것이라서 감전사의 책임 소재를 찾는다는 건 말하자면 왜 안전해지지 못했냐는 물음의 대답을 찾는 것이다. 그런데 에란겔 섬에서는 최후의 생존자가 되는 마지막 순간까지 항상 위험에 노출되어 있다. 자기장을 욕해봤자 배틀그라운드가 바보같이 느껴질 뿐이다.

이오와는 에란겔 섬 남동쪽 해변의 폐공장 부지에서 만났다. 나는 권총을, 이오는 무쇠 프라이팬을 들고 서로를 쏘아보았다. 이오는 피를 흘리고 있었다. 나는 침을 꿀꺽 삼켰다. 총알 한 발이면 이오를 죽이고 프라이팬과 방탄모를 얻을 수 있었다. 한 가지 문제를 빼면 꽤 괜찮은 상황이었다. 그 문제란 내가 장전하는 법을 모른다는 것이었다.

이오와 대면한 때는 게임을 다섯 판쯤 해본 시점이었는데, 나는 총과 총알을 주울 줄만 알았지 어떻게 총에 총알을 장전하는지는 알아내지 못한 상태였다.

그래서 운 좋게 총알이 남아 있는 총을 주우면 조금 오래 살았고, 그렇지 않으면 100명 중 8, 90위쯤 했다. 평소에는 그렇게 못하면 금방 포기하는데, 이상하게 배틀그라운드를 할 때는 그런 기분이 들지 않았다. 이유는 나도 잘 모른다. 그냥 그런 기분일 때가 있는 거니까.

내가 총을 쏘지 않고 가만히 있자, 이오는 뭔가 확신을 얻었는지 나를 향해 토끼뜀 비슷한 동작을 하며 달려들었다. 그 모습이 너무 기괴해서 나는 눈을 질끈 감았다. 또 죽는구나. 그런데 시간이 지나도 시야가 핏빛으로 물들지 않았다. 이오는 내 양어깨를 붙잡고 사뭇 흥분된 하이톤으로 소리쳤다. 프라이팬은 어느새 이오의 손에서 벗어나 바닥에 나뒹굴고 있었다.

—대박, 우리 친구해요!

우리는 폐공장 바닥에 엄폐 자세로 쪼그려 앉아 이야기를 나누었다. 이오는 내게 총알을 장전하는 법을 가르쳐주었다. 나는 이오에게 이름의 뜻을 물었다. 이오는 헤실거리며 숫자라고 말했다.

—25, 스물다섯.

—스물다섯 살이야?

—아니, 스물다섯이 되면 이 게임 끊으려고.

　―왜 하필 스물다섯?

　―스물다섯은 좀 가혹한 나이니까.

　이렇게 말할 때 이오가 어떤 표정을 짓고 있었
는지 나는 모른다. 내 눈에 보이는 이오는 폴리곤으로
된 표정 없는 캐릭터였을 뿐이다. 그래도 이오는 좀 자
우림 같은 면이 있어서 묘하게 설득력이 있었다.

　이오가 서둘러 나를 일으켜 세웠다.

　―곧 자기장이 올 거야. 뛰어야 해.

　우리는 자기장을 피해 에란겔 중앙으로 도망쳤
다. 부서진 지 오래된 폐공장의 창을 넘어, 산과 들판을
지나, 여기저기 깨진 아스팔트 도로 위를 죽을 때까지
달렸다. 물론 무장이 잘 되어 있지 않았던 우리는 금방
죽었다. 그 죽음은 어쩐지 싱거운 농담 같아서 우리는
한바탕 웃었다.

　그날 이후 우리는 매일 에란겔에서 만났다. 이
오에게 나는 배틀그라운드가 삶과 죽음만이 아니라는
걸 배웠다. 이오는 나 못지않게 게임을 못했는데, 그런
것에 전혀 개의치 않았다. 배틀그라운드의 목표는 생
존이 아니라 생활이라고 이오는 주장했다. 이오는 총을

잘 쏘는 방법이나 은밀하게 적에게 접근하는 일, 총성이 들린 방향을 곰곰이 따져 다른 참가자의 위치를 예측하는 일 따위에는 별 관심이 없었다. 물론 그런 걸 아주 할 줄 모르면 순식간에 살해당하기 때문에 최소한으로는 익힌 것 같았지만, 이오는 기본적으로 다른 참가자를 죽이기 위해 움직이지 않았다.

이오의 관심사는 어느 건물이 가장 살기 좋아 보이는지, 어느 해변을 어디에서 볼 때 가장 경치가 좋은지 등이었다. 이오가 가장 좋아하는 순간은 낙하산을 타고 누구보다 멀리 날아가 한적한 폐건물을 뒤지는 일이었다. 방탄모와 가방, 총기, 구급약을 찾아 이 건물 저 건물을 오가면서 우리는 수다를 떨었다. 좋은 장비가 많이 나온다고 알려진 지역이나 사람들이 몰리는 중심지는 피했기 때문에, 그 시간은 자기장의 위협도 다른 참가자의 위협도 없는 가장 평화로운 시간이었다.

이오와 함께 있으면 에란겔은 무자비한 서바이벌 게임이 펼쳐지는 섬이 아니라 꼭 데이트 코스 같았다. 우리는 새로운 풍경과 건물을 찾아 쏘다녔고, 서로에게 구급약을 먹여줬으며, 선물로 탄약이나 총기를 주고받기도 했다. 매일 배틀그라운드를 대여섯 시간씩 하면서 그러고 있으려니까 우리는 사실 연애를 하는 게 아닐까, 하는 말이 농담처럼 오갔다. 얼굴도 본 적 없으면서. 이오는 노을 지는 절벽 위에서 내게 프라이팬을 내밀었다. 그건 꽤 청혼 같았는데, 나는 당혹감도 놀라움도 아닌 편안함을 느꼈다. 바로 이런 질문을 던질 수 있을 정도였다.

— 만약 내가 거절했으면 어떻게 하려고 했어?

— 바로 절벽에서 뛰어내려서 죽으려고 했는데.

— 아 그건 좀 반칙인데.

그런 대화를 하며 우린 차에 타고 안전 구역의 중심을 향해 달렸다. 무수한 총격 소리가 들렸다.

— 나 좀 졸린 것 같아.

나는 이오에게 말했다.

— 토닥토닥.

이오가 말했다.

우린 차를 타고 안전 구역의 중심을 향해 달렸다. 지금 생각해보면 〈텔마와 루이스〉의 마지막 장면을 따라 했던 것 같기도 한 그 장면은 그러나 거기서 끝나지 않는다. 우리는 차를 몰아 거실로 갔다. 어머니는 놀란 얼굴로 밥을 차려주었고, 우리는 허겁지겁 먹었다. 할 일이 산더미였다. 학교까지의 질주. 끔찍한 교무실과 칙칙한 책상들과 등수 따위나 적혀 있는 종이들을 마구 들이받고 해치며, 언젠가 악연을 맺었던 이들에게 가운뎃손가락을 치켜들며, 우리는 차를 몰았다. 대학이나 서울 따위가 아니라 바다 위를, 남극을, 별 사이를, 어딘가 아직 보지 못한 시간을 향해.

그날이 내가 배틀그라운드를 했던 마지막 날이다. 여전히 내 귓가에는 엔진의 회전 소리, 멀리서 울려퍼지는 총소리가 들린다. 이오는 더 이상 옆자리에 없지만, 그래도 괜찮다. 괜찮다고 말하고 싶다.

소설 관찰술

— 노태훈(문학평론가)

　　흔히 소설에서 강조되는 것 중의 하나가 개연성
이다. 특히 장르문학, SF라면 하나의 세계를 '설정'하는
것부터가 중요한 전제가 된다. 이것은 독자가 한 편의
이야기를 받아들이는 제일의 조건이며 설득에 실패할
경우 되돌리기 무척 어렵다는 점에서 꽤나 까다롭고 번
거로운 과정이기도 하다. 그런데 서윤빈의 소설을 읽고
있으면 이 서사에서 비어 있는 것들을 의식하고 찾다가
도 어느 순간 이야기가 그냥 납득되어버리는 특이한 경
험을 하게 된다. 그럴듯한 이야기라서가 아니라, 완벽
하게 짜여진 구성이어서가 아니라 소설의 시선과 목소

리가 이를 담보한다. 그리고 그것은 '관찰'하는 힘에서 온다.

그런데 관찰이라는 말은 사실 어색하게 여겨진다. 여기 실린 세 편의 소설은 전통적인 의미에서 '시점'이 모두 다르기 때문이다. 알 수 없는 '전지전능한' 서술자는 천사로 태어난 '아이'의 삶을 '탄생에서 탄생까지' 따라가고, 라디오 기술자인 '나'는 자신의 삶을 돌아보면서 딸의 소음 문제를 해결하려 하며, 'B'와 같은 연구실을 졸업한 '나'는 우주로 떠나 살고 있는 'B'를 마치 바로 옆에서 지켜보듯 망원경을 통해 관찰하고 있다. 이렇게 보면 마지막 작품인 「다이윗미」만이 우리가 흔히 알고 있는 관찰이라는 형식과 흡사해 보인다. 그러나 이 세 편의 소설은 각기 다른 방식으로 관찰을 수행하면서 서사의 더께를 쌓아나간다.

지상에서 태어나기 시작한 천사들의 이야기, 「날개 절제술」은 서윤빈 특유의 능청스러움 혹은 과감한 전개가 눈에 띄는 작품이다. 제왕절개 분만이 이루어지고 있는 수술실에서 날개가 달린 천사 아기가 태어나고, 부모는 날개를 자르는 결정을 하며, 그 날개는 그 자리에서 현금과 거래가 된다. 이 흥미로운 도입부는 천사와 보통 인간의 거대한 갈등이나 천사로서의 삶이 갖는 존재론적 사유로 곧바로 도약하지 않고 이렇게 태어난 '아이', 즉 '구진오 씨와 이소우 씨'의 천사가 성장하는 과정을 따라가는 것으로 이어질 뿐이다. '아이'가 자라나 다시 자신의 아이를 낳기까지 몇몇 에피소드가 배치되어 있지만 소설은 매우 건조한 방식으로 전개되며, 이제 자신이 아이를 낳게 된 '아이'는 그 역시 아기의 날개를 자르기로 하지만 팔지는 않는 것으로 마무리된다.

이 아이의 삶을 들려주는 서술자는 누구일까. 그것은 어쩌면 신의 목소리가 아닐까. 이야기를 만들어낸 저자라는 의미에서도, 이 세계의 창조주라는 의미에서도 그 목소리는 '전능'하다. '아이'의 고리를 발견한 '도덕 선생'이 그 순간 중세 철학자와의 논쟁에서 패배하듯 신의 현현 앞에 인간의 논리는 무력하다. 소설에서의 서술자 역시 마찬가지이다. 천사가 태어나는 세계라고 쓰는 순간 그것에 대해 현실적 근거로 반박하는 것은 불가능하다. 가능한 것은 그것을 그저 지켜보는 것뿐이다. 하지만 소설의 매력은 그 관찰이 무력하게 느껴지지 않는다는 점에 있다. 신이 모든 것을 내려다

보고 있고, 예정된 운명에 의해 삶이 펼쳐진다 하더라
도 그것이 반드시 불행하지는 않은 것처럼 결말을 예비
한 과거형의 문장들은 미래도 과거도 아닌, 현실의 시
간이 아니라 서사적 시간을 경험하게 한다. 그 시간 속
에서 이 소설은 "모두를 사랑하면 누구의 사랑도 얻을
수 없다"(34쪽)는 인간 사회의 진리를 보여준다. 그 절대
적 사랑은 오로지 신의 것이기 때문이다. 그러므로 날
개가 잘린 천사들은 인간의 사랑을 학습한다. 날아올라
두루 지켜보는 것이 아니라 (대체로) 한 사람만을 가까
이에서 바라보도록 강요하는 지상의 사랑은 아름다운
언어와 황홀한 행위로 수렴된다. 고리는 인간이 설치한
전깃줄에 타버리고 아기 천사들은 날개를 절제하지만
분명한 것은 이 아이를 관찰하는 '누군가'가 있다는 것
이고 그것이 사랑이 아닐 수는 없다. 요컨대 이 소설의
주인공은 이 이야기를 들려주는 서술자 그 자체이다.

　　　오래된 라디오를 골똘히 들여다보고 있는 「리
튬」의 '나'로 이동해보자. 기계를 관찰하는 '나'의 시선
은 당연하게도 꼼꼼하고 집요하다. 한때 라디오 공장을
경영하면서 아프가니스탄에 이를 대규모로 수출하기
도 했던 '나'는 이제는 쇠락한 철물점을 운영하며 "고치

는 것만으로도 벅차다"(48쪽)는 생각을 하고 있다. 라디
오의 기능이 본래 그런 것이기도 하지만 기계는 '소음'
을 낸다. 반드시 들어야 하는 소리가 있는가 하면 결코
듣고 싶지 않은 소리도 있고, 듣고 싶지만 들을 수 없는
소리도 있으며 들리지만 찾을 수 없는 소리도 있다. 전
파를 통해 전달되는 라디오의 소리를 연구하던 '나'는
지금은 보청기를 끼고 있고, 소원한 딸 내외는 원인을
알 수 없는 소음에 괴로워하고 있다. 딸의 집에서 일어
나는 소음을 분석하면서 '나'는 서랍 속의 휴대폰 배터
리들이 '공명'한다는 사실을 알게 되고 그 결과를 기다
려보기로 한다.

    그런데 이 해결 과정, 즉 가설을 세우고 검증해
나가는 방식으로는 딸과의 관계를 전혀 회복할 수가 없
다. 기계를 만들고 수리하는 과정과 인간의 갈등과 관
계를 회복하는 과정은 다르기 때문이다. "우리의 시간
은 그런 식으로만 흘렀다"(63쪽)는 문장은 "나는 휴대폰
들을 서랍에 몽땅 쏟아 넣고, 기다렸다. 어쩌면 평생 그
래왔던 것처럼"(67쪽)이라는 소설의 마지막 문장과 대
비된다. 자신의 파산도, 아내와의 이별도, 아프가니스
탄의 전쟁도 기다리며 지켜보는 것으로는 결코 해결될

수 없는 일들이었다. 관찰은 시간이 전제되어야 하는 것이지만 시간은 반드시 관찰을 필요로 하지는 않기 때문이다. 다시 말해 시간이 흐르는 동안 내가 무엇을 보고 있었는지가 중요하다는 것이고 이는 결코 되돌릴 수 없다. '나'는 다시 찾아올 재기의 기회를, 아내와 딸의 이해를 기다렸지만 단지 기다리는 것만으로 해결할 수 없었다. 이제야 '나'는 탈모 증상이 심해지고 있는 딸을 관찰하려고 하고 있다. 되돌릴 수 없는 시간을 '역설계'로 접근해 비록 그것이 부정확하고 우연적인 것이라 하더라도 딸의 마음을 읽어내려는 '나'의 기다림은 과연 성공할 수 있을까.

마지막으로 「다이윗미」의 관찰을 들여다본다. 소설에서도 언급되어 있지만 '다이윗미'라는 소재는 '스터디윗미' 콘텐츠에서 온 듯하다. 실시간 영상을 통해 자신이 공부하는 모습을 특별한 연출 없이 몇 시간이고 틀어놓는, 그것을 수많은 사람들이 지켜보고 있는 이 현상은 현재 우리 사회가 보여주고 있는 독특한 관찰의 한 사례이기도 하다. 콘텐츠가 된 관찰은 누군가가 자신을 들여다보고 있다는 것을 충분히 인지한 상태에서, 마치 그러한 관찰의 시선이 없는 듯 자신을 드러내는 것이다. 동시에 내가 누군가를 관찰하고 있지만 그 관찰이 철저하게 상대방의 자의에 의한 것이므로 관음증적 혐의에서도 자유롭다고 느끼게 된다. 문제는 이러한 관찰이 '실시간'이 아니라면 단순한 기록과 구별되지 않는다는 점이다. 과거의 시간은 어떤 형태로든 편집되고 단지 그 시간들이 지나갔다는 이유만으로 관찰은 사후적인 것이 된다. 그런데 미래를 관찰할 수 있다면 어떨까.

고향에 설치한 망원경을 통해 우주의 먼 은하계로 떠난 옛 동료 'B'의 시간을 지켜보는 '나'에게 그것은 미래이다. 상대성이론과 중력과 블랙홀에 의한 시간 변화는 'B'의 움직임을 매우 더디게 만들었고 '나'는 그것을 실시간으로 보고 있다. 특정인에게 고정되어 있는 이 특수 망원경은 전파나 빛이 아니라 사람의 눈을 통한 것이어서 시간의 지연과 별개로 작동한다. 우리가 밤하늘을 통해 관찰하는 별의 빛은 사실 수십, 수백 광년이 지난 과거의 것이지만 '나'가 관찰하는 'B'의 모습은 느리게 흘러가는 미래의 시간이다. 이를 통해 '나'는 과거, 현재, 미래를 동시에 경험한다. 'B'의 아내 'W'의 소식은 언제나 과거이고, 항성계를 떠돌며 임무를 수행하는 'B'의 시간은 현재이며, '나'가 바라보고 있는 'B'의 모습은 늘 미래이다. 이 중첩된 우주의 시간 속에서 분명한 것은 존재의 소멸이다. 그러므로 '다이윗미'는 각기 다른 시간을 살아가는 인류가 같은 행로를 향하고 있다는 유일한 증거이자 절대적 외로움으로부터 벗어나고자 하는 몸부림이다. 흥미로운 것은 'B'의 망원경이 비추고 있는 모습이다. "인상을 팍 쓰고 잘 이해되지 않는 소설을 끙끙대며 읽어 내려가는 한 독자의 모습"(90쪽)은 블랙홀에 사로잡힌 '서윤빈'과 겹치면서 이 우주적 관찰의 순간을 소설 장르와 연결시킨다. 결국 이 소설은 우리의 삶이 무언가를 관찰하는 일, 나아가 그것을 기록하는 일로 점철된다는 것을 보여주는 것 같다. 그렇게 보면 지상을 내려다보는 신의 시선에서 시작해 기계가 들려주는 신호와 소음으로, 다시 우주로부터 소설을 읽고 있는 바로 우리 자신으로 돌아오는 이 관찰은 하나의 거대한 순환이기도 하다.

왜 소설을 읽고 쓰는지에 관해 질문을 던지면 아마도 많은 답이 돌아올 것이다. 타인을 이해하기 위해, 현실을 재현하고 그것을 탐구하기 위해, 흥미로운 모험을 떠나기 위해, 미적인 가치를 추구하기 위해, 공감과 위로를 위해, 새로운 이야기를 접하기 위해 등등. 아마도 서윤빈은 누군가를 응시하고, 무언가를 오래도록 바라보기 위해서라고 대답할 것 같다. 천사로 태어난 아이의 삶을 지켜보는 부모처럼, 멀리 아프가니스탄의 총성과 비명을 우연한 전파로 듣게 되는 수리공처럼, 아득한 우주 공간의 누군가를 망원경으로 들여다보는 사람처럼 서윤빈의 인물들은 관찰자에 머무른다. 그럼에도 불구하고 그것이 '간접적'으로 느껴지지 않는 이유는 관찰이라는 행위가 애정을 가득 담고 있기 때문이다. 소설에서 모험을 떠나기는 쉽다. 하지만 모험을 관찰하는 일은 쉽지 않다. 어떤 사건에 뛰어드는 것도 어렵지 않다. 흔히 말하듯 소설가가 그 인물이 '되기'만 하면 된다. 그러나 그 사건을 가까이에서 지켜보는 과정은 무척 어렵다. 서윤빈의 흥미로운 '관찰술'이 또 어떤 이야기를 담아낼지 기다리지 않을 수 없는 이유가 여기에 있다.

트리플 21

날개 절제술
© 서윤빈, 2023

초판 1쇄 인쇄일 2023년 10월 13일
초판 1쇄 발행일 2023년 10월 20일

지은이 · 서윤빈

펴낸이 · 정은영
편집 · 방지민 최찬미 전유진
디자인 · 이선희
마케팅 · 이언영 한정우 최문실
       윤선애
제작 · 홍동근
펴낸곳 · (주)자음과모음
출판등록 · 2001년 11월 28일
       제2001-000259호
주소 · 경기도 파주시 회동길 325-20
전화 · 편집부 02) 324-2347
     경영지원부 02) 325-6047
팩스 · 편집부 02) 324-2348
     경영지원부 02) 2648-1311
이메일 · munhak@jamobook.com

ISBN 978-89-544-4958-8 (04810)
      978-89-544-4632-7 (세트)